Carlo Goldoni

Le Baruffe Chiozzotte

Texte et illustration de couverture : © domaine public
Edition : Culturea (Hérault, 34)
Contact : infos@culturea.fr
Retrouvez notre catalogue sur http://culturea.fr
Imprimé en Allemagne par Books on Demand
Design typographique : Derek Murphy
Layout : Reedsy (https://reedsy.com/)

Dépôt légal : janvier 2023

ISBN : 9791041845828

PERSONAGGI

3

PADRON TONI (Antonio), padrone di tartana peschereccia.
MADONNA PASQUA, moglie di padron Toni.
LUCIETTA, fanciulla, sorella di padron Toni.
TITTA-NANE (Giambattista) giovine pescatore.
BEPPE (Giuseppe), giovine, fratello di padron Toni.
PADRON FORTUNATO, pescatore.
MADONNA LIBERA, moglie di padron Fortunato.
ORSETTA (Orsolina), fanciulla, sorella di madonna Libera.
CHECCA (Francesca), altra fanciulla, sorella di madonna Libera.
PADRON VICENZO, pescatore.
TOFFOLO (Cristoforo), battellaio.
ISIDORO, Coadiutore del Cancelliere Criminale.
IL COMANDADOR, cioè il Messo del Criminale.
CANOCCHIA, giovine che vende zucca arrostita.
Uomini della tartana di padron Toni.
Servitore del Coadiutore.

La scena si rappresenta in Chiozza.

ATTO PRIMO

SCENA I

Strada con varie casupole.

PASQUA e LUCIETTA da una parte. LIBERA, ORSETTA e CHECCA dall'altra. Tutte a sedere sopra seggiole di paglia, lavorando merletti su i loro cuscini posti ne' loro scagnetti.

LUC. Creature, còssa diséu de sto tempo?
ORS. Che órdene xélo?
LUC. Mo no so, varé. Oe, cugnà, che órdene xélo?
PAS. (a Ors.) No ti senti, che boccon de sirocco?
ORS. Xélo bon da vegnire de sottovènto?
PAS. Si bèn, si bèn. Si i vien i nostri òmeni, i gh'ha el vento in pòppe.
LIB. Ancùo o doman i doveràve vegnire.
CHE. Oh! bisogna donca, che spèssega a laorare; avanti che i vegna, lo voràve fenire sto merlo.
LUC. Di', Chècca: quanto te n'amanca a fenire?
CHE. Oh! me n'amanca un brazzo.
LIB. (a Checca) Ti laóri molto puoco, fia mia.
CHE. Oh! quanto xé che gh'ho sto merlo su sto balón?
LIB. Una settemana.
CHE. Ben! una settemana?
LIB. Destrìghete, se ti vuol la carpètta.
LUC. Oe, Checca, che carpètta te fàstu?
CHE. Una carpètta nióva de caliman.
LUC. Dasséno? Te mèttistu in donzelón?
CHE. In donzelón? No so miga còssa che vòggia dir.
ORS. Oh che pandòla! Non ti sa, che co una putta xé granda, se ghe fa el donzelón: e che co la gh'ha el donzelón, xé segno che i soi i la vuòl maridare.
CHE. (a Libera) Oe, sorèla!
LIB. Fia mia.
CHE. Me voléu maridare?
LIB. Aspetta, che vegna mio marìo.
CHE. Donna Pasqua: mio cugnà Fortunato no xélo andà a pescare co paron Toni?
PAS. Sì, no lo sàstu, che el xé in tartana col mio paron e co Beppe so fradelo?
CHE. No ghe xé anca Titta-Nane co lori?
LUC. (a Checca) Sì ben: còssa voréssistu dire? Còssa pretenderàvistu da Titta-Nane?
CHE. Mì? Gnente.
LUC. No ti sa che xé do anni che mi ghe parlo? E che co 'l vien in terra, el m'ha promesso de darme el segno?
CHE. (da sé) (Malignaza culìa! La i vól tutti per ela).
ORS. Via, via, Luciètta, no star a bacilare. Avanti che Checca mia sorela se maride, m'ho da maridare mì, m'ho da maridare. Co vegnirà in terra Beppe, to fradelo, el me sposerà mì, e se Titta-Nane vorà, ti te poderà sposare anca tì. Per mia sorèla, gh'è tèmpo.
CHE. (ad Orsetta) Oh! vù, siora, no voressi mai che me maridasse.
LIB. Tasi là; tendi al to laorière.
CHE. Se fusse viva mia donna mare...
LIB. Tasi, che te trago el balón in coste.
CHE. (da sé) (Sì, sì, me vòggio maridare, se credesse de aver da tióre un de quei squartai, che va a granzi).

4

SCENA II

TOFFOLO, e le suddette, poi CANOCCHIA.

LUC. Oe, Bondí, Tòffolo.
TOF. Bondí, Lucietta.
ORS. Sior màmara, còssa sèmio nu altre?
TOF. Se averé pazenzia, ve saluderò anca vu altre.
CHE. (da sé) (Anca Tòffolo me piaseràve).
PAS. Còss'è, putto? No laoré ancùo?
TOF. Ho laorà fin adesso. So stà col battelo sotto marina a cargar de' fenocchj: i ho portài a Bróndolo al corder de Ferara, e ho chiappà la zornada.
LUC. Ne paghéu gnente?
TOF. Sì ben; comandé.
CHE. (a Orsetta) (Uh! senti, che sfazzada?)
TOF. Aspetté. (chiama) Oe, zucche barucche.
CAN. (con una tavola, con sopra vari pezzi di zucca gialla cotta) Comandé, paron.
TOF Lassé veder.
CAN. Adesso: varé, la xé vegnua fora de forno.
TOF. Voléu, Lucietta? (le offerisce un pezzo di zucca)
LUC. Si bèn, dé qua.
TOF. E vu, donna Pasqua, voléu?
PAS. De diana! la me piase tanto la zucca barucca! Démene un pezzo.
TOF. Tolé. No la magné, Lucietta?
LUC. La scotta. Aspetto, che la se giazze.
CHE. Oe, bara Canocchia.
CAN. So qua.
CHE. Démene anca a mì un bezze.
TOF. So qua mì; ve la pagherò mì.
CHE. Sior no, no vòggio.
TOF. Mo per còssa?
CHE Perché no me degno.
TOF. S'ha degnà Lucietta.
CHE. Sì, sì, Lucietta xé degnévole, la se degna de tutto.
LUC. Coss'è, sióra? Ve ne avéu per mal, perché so stada la prima mì?
CHE. Mì co vù, siora, no me n'impazzo. E mì no tógo gnènte da nissùn.
LUC. E mì cossa tóghio?
CHE. Siora sì, avé tolto anca i trìgoli dal putto donzelo de bare Losco.
LUC. Mì? Busiàra!
PAS. A monte.
LIB. A monte, a monte.
CAN. Gh'è nissun che vòggia altro?
TOF. Andé a bon viazo.
CAN. (gridando parte) Zucca barucca, barucca calda.

SCENA III

I suddetti, fuor di CANOCCHIA.
TOF. (piano a Checca) (Arecordève, siora Checca, che m'avé dito, che de mi no ve degné)
CHE. (a Toffolo) (Andé via, che no ve tèndo).
TOF. (a Checca) (E sì, mare de diana! gh'avéa qualche bona intenzion).
CHE. (come sopra) (De còssa?)

TOF. (come sopra) (Mio sàntolo me vôl metter suso peòta; e co son a traghètto, anca mì me vói maridare).

CHE. (come sopra) (Dasséno?)

TOF. (come sopra) (Ma vu avé dito, che no ve degné).

CHE. (come sopra) (Oh! ho dito de la zucca, no ho miga dito de vù).

LIB. Oe, oe, digo, còssa xé sti parlari?

TOF. Varé! Vardo a laorare.

LIB. Andé via de là, ve digo.

TOF. Còssa ve fàzzio? Tolé; anderò via (si scosta, e va bel bello dall'altra parte).

CHE. (da sé) (Sia malignazo!)

ORS. (a Libera) (Mo via, cara sorèla, se el la volesse, savé che putto che el xé: no ghe la voressi dare?)

LUC. (a Pasqua) (Còssa diséu, cugnà? La se mette suso a bon'ora).

PAS. (a Lucietta) (Se ti savessi. che rabbia. che la me fa!).

LUC. (da sé) (Varć che fusto! Viva cocchietto! La vòggio far desperare).

TOF. Sfadighève a pian, donna Pasqua.

PAS. Oh! no me sfadìgo, no, fio; no vedé che mazzette grosse? El xé merlo da diese soldi.

TOF. E vu, Lucietta?

LUC. Oh! el mio xé da trenta.

TOF. E co belo che el xé!

LUC. Ve piàselo?

TOF. Mo co pulito! Mo cari quei deolìni!

LUC. Vegnì qua; sentève.

TOF. (siede) Oh! qua son più a la bonazza.

CHE. (a Orsetta, facendole osservare Toffolo vicino a Lucietta) (Oe, còssa diséu?)

ORS. (a Checca) (Lassa che i fazza, no te n'impazzare).

TOF. (a Lucietta) (Se starò qua, me bastoneràli?)

LUC. (a Toffolo) (Oh che matto!)

ORS. (a Libera, accennando Lucietta) (Còssa diséu?)

TOF. Donna Pasqua, voléu tabacco?

PAS. Xélo bòn?

TOF. El xé de quelo de Malamocco.

PAS. Dàmene una presa.

TOF. Volentiera.

CHE. (da sé) (Se Titta-Nane lo sa, poverètta ela!)

TOF. E vù, Lucietta, ghe ne voléu?

LUC. (Dé qua, sì ben. Per far despetto a culìa.) (accenna Checca)

TOF. (a Lucietta) (Mo che occhi baroni!)

LUC. (a Toffolo) (Oh giusto! No i xé miga queli de Checca).

TOF. (a Lucietta) (Chi? Checca? Gnanca in mente).

LUC. (a Toffolo accennando Checca con derisione) (Vardé, co bela che la xé!)

TOF. (a Lucietta) (Vera chiòe!)

CHE. (da sé) (Anca sì, che i parla de mì?)

LUC. (a Toffolo) (No la ve piase?)

TOF. (a Lucietta) (Made.)

LUC. (a Toffolo sorridendo) (I ghe dise Puinètta.)

TOF. (a Lucietta, sorridendo e guardando Checca) (Puinètta i ghe dise?)

CHE. (forte verso Toffolo e Lucietta) Oe, digo; no so miga orba, varé. La voléu fenire?

TOF. (forte, imitando quelli che vendono la "puina", cioè la ricotta) Puìna fresca, puìna.

CHE. (s'alza) Cossa xé sto parlare? Cossa xé sto puinare?

ORS. (a Checca, e s'alza) No te n'impazzare.

LTB. (a Orsetta e Checca, alzandosi) Tendi a laorare.

ORS. Che el se varda elo, sior Tòffolo Marmottina.

TOF. Còss'è sto Marmottina?

ORS. Sior sì, credéu che nol sappièmo che i ve dise Tòffolo Marmottina?

LUC. Varé che sesti! Varé che bela prudenzia!

ORS. Eh! via, cara siora Lucietta Panchiana.

LUC. Cossa xé sta Panchiana? Tendé a vù, siora Orsètta Meggiòtto.

LIB No sté a strapazzar mie sorèle, che mare de diana...

PAS. (s'alza) Porté respetto a mia cugnà.

LIB. Eh! tasé, donna Pasqua Fersóra.

PAS. Tasé vù, donna Libera Galozzo.

TOF. Se no fussi donne, sangue de un'anguria...

LIB. Vegnirà el mio paron

CHE. Vegnirà Titta-Nane. Ghe vói contare tutto, ghe vói contare.

LUC. Cóntighe. Còssa m'importa?

ORS. Che el vegna paron Toni Canestro...

LUC. Sì, sì, che el vegna paron Fortunato Baicolo...

ORS. Oh che temporale!

LUC. Oh che sússio!

PAS. Oh che bissabuòva!

ORS. Oh che stramanìo!

SCENA IV

PARON VICENZO, e detti.

VIC. Olà olà, zitto, donne. Cossa diavolo gh'avéu?

LUC. Oe, vegni qua, paron Vicènzo.

ORS. Oe, senti, paron Vicenzo Lasagna.

VIC. Quietève, che xé arivà in sto ponto la tartana de paron Toni.

PAS. (a Lucietta) Oe, zitto, che xé arivà mio marìo.

LUC. (a Pasqua) Uh, ghe sarà Titta-Nane!

LIB. Oe, putte, no fé che vostro cugnà sappia gnènte.

ORS. Zitto, zitto, che gnanca Beppo no sappia.

TOF. Lucietta, so qua mì, no ve sté a stremire.

LUC. (a Toffolo) Va via.

PAS. (a Toffolo) Via!

TOF. A mi? Sangue d'un bisatto!

PAS Va a ziogare al trottolo.

LUC. Va a ziogare a chiba.

TOF. A mi, mare de diana! Anderò mo giusto, mo, da Checchina. (s'accosta a Checca)

LTB. Via, spórco!

ORS. Càvete!

CHE. Va in malora!

TOF. (con isdegno) A mi, spórco? A mi, va in malora?

VIC. Va in bùrchio!

TOF (con caldo) Olà, olà, paron Vicenzo!

VIC. (gli dà uno scappellotto) Va a tirare l'alzana.

TOF. Gh'avé rason, che no vòggio precipitare. (parte)

PAS. (a Vicenzo) Dove xéli co la tartana?

VIC. In rio xé sècco, no i ghe può vegnire. I xé ligài a Vigo. Se volé gnènte, vago a vèdere, se i gh'a del pèsse; e se i ghe n'ha, ghe ne vói comprare per mandarlo a vèndere a Pontelongo.

LUC. (a Vicenzo) Oe, no ghe disé gnente.

LIB. Oe, paron Vicenzo, no ghe stèssi miga a contare.
VIC. Che cade!
ORS. No ghe stèssi a dire...
VIC. Mo no sté a bacilare.
LIB. Via, no femo che i nostri òmeni n'abbia da trovare in baruffa.
PAS. Oh! mì presto la me monta, e presto la me passe.
LUC. Checca, xèstu in còlera?
CHE. No ti sa far altro, che far despetti.
ORS. A monte, a monte. Sèmio amighe?
LUC. No voléu che lo sièmo?
ORS. Dàme un baso, Lucietta.
LUC. Tiò, vissere. (si baciano).
ORS. Anca ti, Checca.
CHE. (piano) (No gh'ho bon stómego.)
LUC. Via, matta.
CHE. Via, che ti xé doppia co fa le céole.
LUC. Mì? Oh! ti me cognossi puoco. Vié qua, dàme un baso.
CHE. Tiò. Varda ben, no me minchionare.
PAS. Tiò el to balon, e andèmo in cà, che po anderemo in tartana. (piglia lo scagno col cuscino, e parte)
LIB. Putte, andemo anca nu, che li anderemo a incontrare. (parte col suo scagno)
ORS. No vedo l'ora de vèderlo el mio caro Beppo. (parte col suo scagno)
LUC. Bondí, Checca. (prende il suo scagno)
CHE. Bondí. Vòggieme ben. (prende il suo scagno, e parte).
LUC. No t'indubitare. (parte)

SCENA V

Veduta del canale con varie barche pescarecce, fra le quali la tartana di PARON TONI.
PARON FORTUNATO, BEPPO, TITTA-NANE, e altri uomini nella tartana, e PARON TONI in terra, poi PARON VICENZO.
TON. Via, da bravi, a bel belo, metté in terra quel pèsse.
VIC. Ben vegnùo, paron Toni.
TON. Schiào, paron Vicenzo.
VIC. Com'èla andada?
TON. Eh! No se podemo descontentare.
VIC. Còssa gh'avéu in tartana?
TON. Gh'avèmo un puoco de tutto, gh'avèmo.
VIC. Me daréu quattro cai de sfòggi?
TON Pare sì.
VIC. Me daréu quattro cai de barboni?
TON. Pare sì.
VIC Bòseghe, ghe n'avéu?
TON. Mare de diana! ghe n'avèmo de cusì grande, che le pare, co buò respetto, léngue de manzo, le pare.
VIC. E rombi?
TON. Ghe n'aèmo sie, ghe n'aèmo, co é el fondi d'una barila.
VIC. Se porlo veder sto pesse?
TON. Andé in tartana, ch'e' xé paron Fortunato; avanti che lo spartìmo, févelo mostrare.
VIC. Anderò a vede, se se podèmo giustare.
TON. Andé a pian. Oe, déghe man a paron Vicenzo.
VIC. (da sé) (Gran boni òmeni che xé i pescatori.) (va in tartana)

TON. Magari lo podessimo vende tutto a bordo el pesse, che lo venderìa volentiera. Se andèmo in man de sti bazariotti, no i vuòl dar gnente; i vuòl tutto per lori. Nualtri, poverazzi, andèmo a rischiare la vita in mare, e sti marcanti col baretton de velùdo i se fa ricchi co le nostre fadighe.

BEP. (scende di tartana con due canestri) Oe, fradèlo?

TON. Còss'è, Beppo? Còssa vùstu?

BEP. Se ve contentèssi, voria mandar a donare sto cao de barboni al lustrìssimo.

TON. Per còssa mò ghe li vùstu donare?

BEP. No savé, che l'ha da essere mio compare?

TON. Ben! màndegheli, se ti ghe li vuòl mandare. ma còssa crédistu? che in t'un bisogno, che ti gh'avessi, el se moverave gnanca da la cariéga? Co 'l te vederà, el te metterà una man su la spala: - Bravo Beppo, te ringrazio, comàndeme - . Ma se ti ghe disi: - Lustrissimo, me premerìa sto servizio - ; no'l s'arecorda più dei barboni: no'l te gh'ha gnanca in mente; no'l te cognosse più, né per compare, né per prossimo, né per gnènte a sto mondo.

BEP Còssa voléu che fazze? Per sta volta, lassé che ghe li mande.

TON. Mi no te digo che no ti li mandi.

BEP. Chiò, Ménola. Porta sti barboni a sior cavaliere; dighe che ghe lo mando mì sto presènte. (il putto parte)

SCENA VI

PASQUA, LUCIETTA e detti.

PAS. (a Toni) Paron!

TON. Oh muggière!

LUC. (a Toni) Fradèlo!

TON. Bondí, Lucietta!

LUC. Bondí, Beppo.

BEP. Stastu bèn, sorela?

LUC. Mi sì. E tì?

BEP. Ben, ben. E vù, cugnà, stéu ben?

PAS. Sí, fio. (a Toni) Avéu fatto bon viazo?

TON. Còssa parléu de viazo? Co sèmo in terra, no se recordèmo più de quel che s'ha passào in mare. Co se pesca, se fa bon viazo, e co se chiappa, no se ghe pensa a rischiar la vita. Avèmo portà del pèsse, e semo aliègri, e semo tutti contenti.

PAS. Via, via, manco mal; séu stai in porto?

TON. Sì ben, semo stai a Senegàggia.

LUC. Oe, m'avéu portà gnente?

TON. Sì, t'ho portà do pèra de calze sguarde, e un fazzoletto da colo.

LUC. Oh! caro el mio caro fradèlo; el me vol ben mio fradèlo.

PAS. E a mì, sior, m'avéu portà gnente?

TON. Anca a vù v'ho portào da farve un còttolo, e una vestina.

PAS. De còssa?

TON. Vederé.

PAS. Mo de còssa?

TON. Vederé, ve digo; vederé.

LUC. (a Beppo) E ti m'àstù portà gnente?

BEP. Vara chiòe! Còssa vùstu che mi te porte? Mi ho comprà l'anelo per la mia novizza.

LUC. Xélo belo?

BEP. Vèlo qua eh! Vara. (le mostra l'anello)

LUC. Oh co belo che el xé! Per culìa sto anelo.

BEP. Per còssa mo ghe distu curia?

LUC. Se ti savessi, còssa che la n'ha fatto? Domàndighe a la cugnà; quela frascona de Orsetta, e quel'altra scagazzèra de Checca comuòdo che le n'ha strapazzào. Oh! Còssa che le n'ha dito!

PAS. E donna Libera, n'àla dito puoco? Ne podévela malmenare più de quelo che la n'ha malmenào?

TON. Còss'è? Còss'è stà?

BEP. Còssa xé successo?

LUC. Gnente. Léngue cattive. Lengue da tenaggiare.

PAS. Sèmo là su la porta, che laorèmo col nostro balon...

LUC. Nù no se n'impazzèmo...

PAS. Se savèssi! Causa quel balon de Tòffolo Marmottina.

LUC. Le gh'ha zelusia de quel bel suggetto.

BEP. Còssa! Le ha parlà co Tòffolo Marmottina?

LUC. Se ve piase.

TON. Oh via, no vegnì adesso a metter suso sto putto, e a far nàssere de le custion

LUC. Uh se savessé!

PAS. Tasi, tasi, Lucietta, che debòtto torèmo de mèzo nù.

BEP. Con chi parlàvelo Marmottina?

LUC. Con tutte.

BEP. Anca con Orsetta?

LUC. Me par de sì.

BEP. Sangue de diana!

TON. Oh! via, fenimola, che no vòggio sussuri.

BEP. No, Orsetta no la vòggio altro; e Marmottina, corpo de una balena, el me l'ha da pagare.

TON. Ànemo; andèmo a casa

LUC. Titta-Nane dove xélo?

TON. (con sdegno) El xé in tartana.

LUC. Almanco lo voría saludare.

TON. Andèmo a casa, ve digo.

LUC. Via, che pressa gh'avéu?

TON. Podevi far de manco, de vegnire qua a sussurare.

LUC. Vedéu, cugnà? Avévimo dito de no parlare.

PAS. E chi xé stada la prima a schittare?

LUC. Oh! mi coss'òggio dito?

PAS. E mi coss'òggio parlà?

BEP. Avé dito tanto che se fusse qua Orsetta, ghe darìa un schiaffazzo in t'el muso. Da culìa no vói altro. Vòggio vender l'anelo.

LUC. Dàmelo a mi, dàmelo.

BEP El diavolo che ve porta.

LUC. Oh che bestia!

TON To danno, ti meriti pèzo. A casa, te digo. Subito, a casa.

LUC. Varé, che sèsti! Còssa sóngio? La vostra massèra? Sì, sì, no v'indubité, che co vù no ghe vòggio stare. Co vederò Titta-Nane, ghe lo dirò. O che el me sposa subito, o per diana de dia. vòggio andar più tosto a servire. (parte)

PAS. Mo gh'avé dei gran tiri da matto.

TON. Voléu ziogar che debòtto... (fa mostra di volerle dare)

PAS. Mo che òmeni! mo che òmeni malignazi! (parte)

TON. Mo che donne! mo che donne da pestare co fa i granzi per andare a pescare!

SCENA VII

FORTUNATO, TITTA-NANE, VICENZO, che scendono dalla tartana, con uomini carichi di canestri.

TIT. Còssa diavolo xé stà quel sussuro?

VIC. Gnente, fradelo, no savéu? donna Pasqua Fersóra la xé una donna che sempre cria.

TIT. Con chi criàvela?

VIC. Con so marìo.

TIT. Lucietta ghe giérela?

VIC. Me par de sì, che la ghe fusse anca ela.

TIT. Sia maledìo. Giera là sotto próva a stivare el pesse, no ho gnanca podésto vegnire in terra.

VIC. Oh che caro Titta-Nane! Avéu paura de no vèderla la vostra novizza?

TIT. Se savessi! Muòro de vòggia.

FOR. (parla presto, e chiama paron Vicenzo) Paró Izènzo.

VIC. Còss'è, paron Fortunato?

FOR. Questo xé otto pesse. Quato cai foggi, do cai baboni, sie, sie, sie bòseghe, e un cao bàccole.

VIC. Còssa?

FOR. E un cao bàccole.

VIC. No v'intendo miga.

FOR. No intendé? Quattro cai de sfoggi, do cai de barboni, sie bòseghe, e un cao de baràccole.

VTC. (da sé) (El parla in t'una certa maniera...)

FOR. Mandé a casa e pèsse, vegniò po mì a tô i bèzzi.

VIC. Missier sì, co volé i vostri bezzi, vegnì che i sarà parecchiài.

FOR. Na pesa abacco.

VIC. Come?

FOR. Tabacco, tabacco.

VIC. Ho capìo. Volentiera. (gli dà tabacco)

FOR. Ho perso a scàttoa in mare, e in tartana gh'é puochi e tô tabacco. A Senegàggia e n'ho comprao un puoco; ma no xé e nostro da Chióza. Tabacco tabacco de Senegàggia, e tabacco e pare balini chioppo.

VIC. Compatime, paron Fortunato, mi no v'intendo una maledètta.

FOR. Oh bela, bela, bela! no intendé? Bela! no parlo mia foèto, parlo chiozotto, parlo.

VIC. Ho capio. A revèderse, paron Fortunato.

FOR. Sioìa, paó Izènzo.

VIC. Schiavo, Titta-Nane.

TIT Paron, ve saludo.

VIC. Putti, andèmo. Porté quel pèsse con mi. (da sé) (Mo caro quel paron Fortunato! El parla che el consola.) (parte con gli uomini)

SCENA VIII

FORTUNATO, e TITTA-NANE.

TIT. Voléu che andèmo, paron Fortunato?

FOR. Peté.

TIT. Còssa voléu che aspettèmo?

FOR. Peté.

TIT. Peté, peté, còssa ghe xé da aspettare?

FOR. I ha a potare i terra de atro pèsse, e de a faina. Peté.

TIT. (caricandolo) Petèmo.

FOR. Coss'è to bulare? Coss'è to ciare, coss'è to zigare?

TIT. Oh! tasé, paron Fortunato. Xé qua vostra muggière co so sorela Orsetta, e co so sorela Checchina.

FOR. (con allegria) Oh, oh mia muggière, mia muggière!

SCENA IX

LIBERA, ORSETTA, CHECCA, e detti.

LIB. (a Fortunato) Paron, còssa féu che no vegní a casa?

FOR. Apetto e pesse, apetto. Òssa fàtu, muggière? Tàtu ben, muggière?

LIB. Stago ben, fio: e vu stéu ben?

FOR. Tago ben, tago. (saluta) Cugnà, saùdo: saùdo, Checca, saùdo.

ORS. Sioria, cugnà.

CHE. Cugnà, bondí sioría.

ORS. Sior Titta-Nane, gnanca?

TIT. Patróne.

CHE. Sté molto a la large, sior. Còssa gh'avéu paura? Che Lucietta ve diga roba?

TIT. Còssa fàla Lucietta? stàla ben?

ORS. Eh! la stà ben, si, quela care zòggia.

TiT. Còss'è, no sé più amighe?

ORS. (ironica) Oh! e come che sèmo amighel

CHE. (con ironia) La ne vôl tanto ben!

LIB. Via, putte, tasé Avémo donà tutto; avèmo dito de no sparlare, e no vòggio che le possa dire de madesì, e de quà, de là, che vegnimo a pcttcgolare.

FOR. Oe, muggière, ho potào de a faìna da sottovento, de a faìna e sogo tucco, e faèmo a poenta, faèmo.

Lìs. Bravo! avé portà de la farina de sorgo turco? Gh'ho ben a caro dasséno.

FOR. E ho portào...

TIT. (a Libera) Voràve che me disessi...

FOR. (a Titta) Lassé parlare i òmeni, lassé parlare.

TIT. (a Fortunato) Caro, vù, quietève un pochetto. (a Libera) Voràve che me disèssi, còssa ghe xé stà con Lucietta?

LiB (con malizia) Gnente.

TiT. Gnente?

ORS. (urtando Libera) Gnente via gnente.

CHE. (urtando Orsetta) Xé meggio cusì, gnente.

FOR. (verso la tartana) Oe, putti, poté in terra e sacco faìna.

TIT. Mo, via, care creature, se gh'é stà qualcossa disèlo. Mi no vòggio che sié nemighe. So che vu altre sé bona zènte. So che anca Lucietta la xé una perla!

LIB. Oh caro!

ORS. Oh che perla!

CHE. Oh co palicària!

TIT. Còssa podéu dire de quela putta?

ORS. Gnente.

CHE. Domandéghelo a Marmottina.

TIT. Chi èlo sto Marmottina?

LIB. Mo, via, putte, tasé. Cossa diavolo gh'avéu, che no ve podé tasentare?

TIT. E chi èlo sto Marmottina?

ORS. No lo cognossé Tòffolo Marmottina?

CHE. Quel battelante, no lo cognossé? (Scendono di tartana col pesce e un sacco)

FOR. (a Titta) Andèmo, andèmo, el pèsse, e a faìna.

TIT. (a Fortunato) Eh! sia maledetto. (a Checc. .) Còssa gl'intrelo con Lucietta?

CHE. El se ghe senta darènte.

ORS. El vôl imparare a laorare a mazzette.

CHE. El ghe page la zucca barucca.

LIB. E po sto balon, per cause soa el ne strapazza.

TIT. Mo, me la disé ben grandonazza!

FOR. (alle donne) A casa, a casa, a casa.

LIB. (a Titta) Oe, el n'ha manazzà fina.

CHE. El m'ha dito Puinetta.

ORS. Tutto per causa de la vostra perla.

TiT. (affannoso) Dov'èlo? Dove stàlo, dove zìrelo? Dove lo poderàvio trovare?

ORS. Oe, el stà de casa in cale de la Corona, sotto el sottoportego in fondi per sboccar in canale.

LIB. El sta in casa co bara Trìgolo.

CHE. E el battelo, el lo gh'ha in rio de Palazzo in fazza a la Pescaria, arente al battelo de Checco Bòdolo.

TIT. A mì, lassé far a mì: se lo trovo, lo tàggio in fétte co fa l'asiào.

CHE. Eh! se lo volé trovare, lo troveré da Lucietta.

TiT. Da Lucietta?

ORS. Sì, da la vostra novizza.

TIT. No; no la xé più la mia novizza. La vòggio lassare, la vòggio impiantare; e quel galiotto de Marmottina, sangue de diana, che lo vòggio scannare. (parte)

FOR. Ànemo, a casa, ve digo; andèmo a casa, andèmo.

LIB. Sì. andèmo, burattaóra, andèmo.

FOR. Còssa séu egnúe a dire? Còssa séu egnúe a fare? Còssa séu egnúe a tegolare? A fare precipitare, a fare? Mae e diana! Se nasse gnente gnente, se nasse, e òggio maccare el muso, òggio maccare; e òggio fae stae in letto, e òggio; in letto, in letto, maleetonazze, in letto. (parte)

LIB. Tolé suso! Anca mio marìo me manazza. Per cause de vu altre pettazze me tocca sempre a tióre de mèzo a mì, me tocca. Mo còssa diavolo séu? Mo che léngua gh'avéu? Avé promesso de no parlare, e po vegnì a dire, e po vegnì a fare. Mare de tròccolo, che me volé far desperare. (parte)

ORS. Séntistu?

CHE. Oe, cossa gh'àstu paura?

ORS. Mi? gnente.

CHE. Se Lucietta perderà el novizzo, so danno.

ORS. Mì lo gh'ho, intanto.

CHE. E mì me lo saverò trovare.

ORS. Oh che spàsemi!

CHE. Oh che travaggi!

ORS. Gnanca in mènte!

CHE. Gnanca in t'i busi del naso. (partono)

SCENA X

Strada con casa, come nella prima scena.
TOFFOLO, poi BEPPO.

TOF. Sì ben, ho fatto male; ho fatto male, ho fatto male. Co Lucietta no me ne doveva impazzare. La xé novizza, co ela no me n'ho da impazzare. Checca xé ancora donzela: un de sti zorni i la metterà in donzelon, e co ela posso fare l'amore. La se n'ha avùo per male. La gh'ha rason, se la se n'ha avùo per male. Xé segno, che la me vol ben, xé segno. Se la podesse vede almanco! Se ghe podesse un puoco parlare, la vorìa pasentare. Xé vegnù paron Fortunato; sì ben, che no la gh'ha el donzelon, ghe la poderìa domandare. La porta xé serada; no so, se i ghe sia in casa, o se no i ghe sia in casa. (si accosta alla casa)

BEP. (nscendo dalla sua casa) Vèlo qua, quel furbazzo.

TOF. (si accosta di più) Se podesse, voràve un puoco spionare.

BEP. Olà! olà! sior Marmottina.

TOF. Còss'è sto Marmottina?

BEP. Càvete.

TOF. Vara, chiòe! Càvete! Coss'è sto càvete?

BEP. Vustu zogare che te dago tante peàe quante che ti te ghe ne può portare?

TOF. Che impazzo ve dàghio?

BEP. Còssa fàstu qua?

TOF. Fazzo quel che vòggio, fazzo.

BEP. E mì qua no vòggio che ti ghe staghe.

TOF. E mì ghe vòggio mo stare. Ghe vòggio stare, ghe vòggio.
BEP. Va via, te digo.
TOF. Made!
BEP. Va via, che te dago una sberla.
TOF. Mare de diana, ve tarò una pierada. (raccoglie delle pietre)
BEP. A mì, galiotto? (mette mano a un coltello)
TOF. Làsseme stare, làsseme.
BEP. Càvete, te digo.
TOF. No me vòggio cavare gnente, no me vòggio cavare.
BEP. Va via, che te sbuso.
TOF. (con un sasso) Stà da lonzi, che te spacco la testa.
BEP. Tìreme, se tì gh'ha cuor.
TOF. (tira de' sassi, e Beppo tenta cacciarsi sotto).

SCENA XI

PARON TONI esce di casa, poi rientra, e subito torna a sortire; poi PASQUA, e LUCIETTA.

TON. Còssa xé sta cagnara?
TOF. (tira un sasso a paron Toni).
TON. Agiùto, i m'ha dà una pierà! Aspetta, galiotto, che vói che ti me la paghe. (entra in casa)
TOF. Mi no fazzo gnente a nissun, no fazzo. Cossa me vegniu a insolentare? (prendendo sassi)
BEP Metti zò quele piére.
TOF Metti via quel cortelo.
TON. (forte, con un pistolese) Via che te tàggio a tocchi.
PAS. (trattenendo paron Toni) Paron, fermève.
LUC. (trattenendo paron Toni) Fradèi, fermève.
BEP Lo volemo mazzare.
LUC. (trattiene Beppo) Via, strambazzo, fèrmite.
TOF. (minacciando coi sassi) Sté in drio, che ve coppo.
LUC. (gridando) Zènte!
PAS. (gridando) Creature!

SCENA XII

PARON FORTUNATO, LIBERA, ORSETTA, CHECCA.
Uomini che portano pesce e farina, ed i suddetti.
FOR. Com'èla? Com'èla? Forti, forti, comtèla?
ORS. Oe! Custión.
CHE. Custión? Poveretta mi. (corre in casa)
LIB. Inspiritài, fermève.
BEP. (alle donne) Per causa vostra.
ORS. Chi? Còssa?
LIB. Me maravéggio de sto parlare.
LUC. Sì, sì, vu altre tegnì tenzón.
PAS. Sì, sì, vu altre sé zente da precipitare.
ORS. Sentì, che sproposità!
LTB. Sentì, che léngue!
BEP. Ve lo mazzerò su la porta.
ORS. Chi?
BEP. Quel furbazzo de Marmottina.

TOF. (tira de' sassi) Via, che mi no son Marmottina.
PAS. (spingendo Toni) Paron, in casa.
LUC. (spingendo Beppo) In casa, fradèlo, in casa.
TON. Sté ferma.
PAS. In casa, ve digo, in casa. (lo fa entrare in casa con lei)
BEP. (a Lucietta) Làsseme stare.
LUC. Va drento, te digo, matto; va drento. (il fa entrare con lei. Serrano la porta)
TOF. Baroni, sassini, vegni fuòra, se gh'avé coraggio.
ORS. (a Toffolo) Va in malora!
LIB. Vatte a far squartare. (lo spinge via)
TOF. Còss'è sto spènzere? Còssa xé sto parlare?
FOR. Va ìa, va ìa, che debotto, se te metto e ma a torno, te fazzo egni fuòra e buéle pe a bocca.
TOF. Ve porto respetto, ve porto, perché sé vècchio; e perché sé cugnà de Checchina. (verso la porta
di Toni) Ma sti baroni, sti cani, sangue di diana, me l'ha da pagare.

SCENA XIII

TITTA-NANE con pistolese, e detti.

.
TIT. (contro Toffolo battendo il pistolese per terra) Vàrdete che te sbuso.
TOF. Agiùto. (si tira alla porta)
FOR. (lo ferma) Saldi. Fermève.
LIB. No fé!
ORS. Tegnilo.
TIT. (si sforza contro Toffolo) Lassème andare, lassème.
TOF. Agiùto. (dà nella porta, che si apre, e cade dentro)
FOR. (tenendolo e tirandolo) Titta-Nane, Titta-Nane, Titta-Nane.
LIB. (a Fortunato) Menèlo in casa, menèlo.
TIT. (sforzandosi) No ghe voggio vegnire.
FOR. Tì gh'ha ben da egnire. (lo tira in casa per forza)
LIB. Oh che tremazzo!
ORS. Oh che batticuore!
PAS. (cacciando di casa Toffolo) Va via de qua!
LUC. (cacciando Toffolo) Va in malora!
PAS. Scarcavàlo! (via)
LUC. Scavezzacolo! (via e serra la porta)
TOF. (a Libera e Orsetta) Còssa diséu, creature?
LIB. To danno. (parte)
ORS. Magari pèzo. (parte)
TOF. Sangue de diana, che li vói querelare. (parte)

ATTO SECONDO

SCENA I

Cancelleria Criminale.

ISIDORO al tavolino scrivendo, poi TOFFOLO, poi il COMANDADORE.
ISI. (sta scrivendo).
TOF. Lustrìssimo sió Canciliere.
ISI. Mi no son el Cancelier; son el Cogitór.
TOF. Lustrìssimo sió Cogitore.
ISI. Còssa vùstu?
TOF L'abbia da savere, che un balon, lustrìssimo, m'ha fatto impazzo, e el m'ha manazzào col cortélo, e el me voleva dare, e po dopo xé vegnù un'altra canaggia, lustrìssimo...
ISI. Siéstu maledéto! Lassa star quel lustrìssimo.
TOF. Mi no, sió Cogitore, la me staga a sentire; e cusì, comuòdo ch'a ghe diseva, mì no ghe fazzo gnente, e i m'ha dito, che i me vol amazzare.
ISI. Vien qua: aspetta. (prende un foglio per scrivere)
TOF. So qua, lustrissimo. (da sé) (Maledìi! I me la gh'ha da pagare).
ISI. Chi éstu tì?
TOF. So battelante, lustrissimo.
ISI. Còssa gh'àstu nome?
TOF. Tòffolo.
ISI. El cognome?
TOF. Zavatta.
ISI. Ah! no ti xé Scarpa, ti xé Zavatta.
TOF. Zavatta, lustrìssimo.
ISI. Da dove xéstu?
TOF. So chiozotto da Chióza.
ISI. Àstu padre?
TOF. Mio pare, lustrìssimo, el xé morto in mare.
ISI. Còssa gh'avévelo nome?
TOF. Toni Zavatta, Baracucco.
ISI. E ti gh'àstu nissun soranome?
TOF. Mi no, lustrissimo.
ISI. Xé impossibile che no ti gh'abbi anca ti el to soranome.
TOF. Che soranòme vuòrla che gh'abbia?
ISI. Dìme, caro tì: no xéstu stà ancora, me par, in Canceleria?
TOF. Sió si, una volta me son vegnù a esaminare.
ISI Me par, se no m'inganno, d'averte fatto citar col nome de Tòffolo Marmottina
TOF. Mi so Zavatta, no so Marmottina. Chi m'ha messo sto nòme, xé stào una carogna, lustrissimo.
ISI. Debotto te dago un lustrissimo su la copa.
TOF. L'abbia la bontà de compatire.
ISI. Chi xé quei che t'ha manazzà?
TOF. Paron Toni Canestro, e so fradèlo Beppo Cospettoni; e po dopo Titta-Nane Molètto.
ISI. Gh'avéveli arme?
TOF. Mare de diana, se i ghe n'aveva! Beppo Cospettoni gh'aveva un cortelo da pescaóre. Paron Toni xé vegnùo fuora con un spadon da taggiare la testa al toro; e Titta-Nane gh'aveva una sguea de quele che i tien sotto poppe in tartana.
ISI. T'hai dà? T'hai ferio?
TOF. Made. I m'ha fatto paura.
ISI. Per còssa t'hai manazzà? Per còssa te voléveli dar?

16

OF. Per gnente.

ISI. Avéu crià? Ghe xé stà parole?

TOF. Mì no gh'ho dito gnente.

ISI. Xéstu scampà? T'àstu defeso? Come xéla fenìa?

TOF. Mì so stà là... cusì... Fradeli, digo, se me volé mazzare mazzème, digo.

ISI. Ma come xéla finìa?

TOF. Xé arrivào de le buone creature, e i li ha fatti desmèttere e i m'ha salvao la vita.

ISI Chi xé stà ste creature?

TOF. Paron Fortunato Cavicchio, e so muggière donna Libera Galozzo, e so cugnà Orsetta Meggiotto, e un'altra so cugnà Checca Puinetta.

ISI. (da sé, e scrive) (Sì, sì, le cognosso tutte custíe. Checca tra le altre xé un bon tocchétto). Ghe giera altri presenti?

TOF. Ghe giera donna Pasqua Fersora e Lucietta Panchiana

ISI. (da sé, e scrive) (Oh anca queste so chi le xé.) Gh'àstu altro da dir?

TOF. Mì no, lustrìssimo.

ISI. Fàstu nissuna istanza a la Giustizia?

TOF. De còssa?

ISI. Domàndistu che i sia condannai in gnente?

TOF. Lustrissìmo, sì.

ISI. In còssa?

TOF. In galìa, lustrissimo.

ISI. Ti su le forche, pèzzo de àseno.

TOF. Mi, sior? Per còssa?

ISI. Via, via, pampalugo. Basta cusì, ho inteso tutto. (scrive un piccolo foglio)

TOF. (da sé) (No voràve, che i me vegnisse anca lori a querelare, perché gh'ho tratto de le pieràe. Ma che i vegna pure; mi so stà el primo a vegnire; e chi è 'l primo, porta via la bandiera).

ISI. (suona il campanello).

COM. Lustrìssimo.

ISI. (s'alza) Andé a citar sti testimoni.

COM. Lustrìssimo, si, la sarà servida.

TOF. Lustrissimo, me raccomando.

ISI. Bondí, Marmottina.

TOF. Zavatta, per servirlo.

ISI. Sì, Zavatta, senza sióla, senza tomèra, senza sesto, e senza modelo. (parte)

TOF. (al Comandadore ridendo) El me vôl ben el sió Cogitore.

COM. Sì, me n'accorzo. Xéli per vù sti testimoni?

TOF. Sió sì, sió Comandadore.

COM. Ve preme che i sia citài?

TOF Me preme segùro sió Comandadore?

COM. Me pagheréu da béver?

TOF. Volentiera, sió Comandadore.

COM. Ma mì no so miga dove che i staga.

TOF. Ve l'insegnerò mì, sió Comandadore.

COM. Bravo, sior Marmottina.

TOF. Siéu maledètto, sió Comandadore. (partono)

SCENA II

Strada, come nella prima scena dell'Atto primo.

PASQUA e LUCIETTA escono dalla loro casa, portando le loro sedie di paglia, i loro scagni e i loro cuscini, e si mettono a lavorare merletti.

LUC. Àle mo fatto una bela còssa quele pettazze? Andare a dire a Titta-Nane che Marmottina m'è vegnù a parlare?

PAS. E tì àstu fatto ben a dire ai to fradei quelo che tì gh'ha dito?

LUC. E vù, siora? No avé dito gnente, siora?

PAS. Sì ben; ho parlà anca mì, e ho fatto mal a parlare.

LUC. Malignazo! avéa zurà anca mì de no dire.

PAS. La xé cusì, cugnà, credéme, la xé cusi. Nu altre fémene, se no parlèmo, crepèmo.

LUC. Oe, no voleva parlare, e no m'ho podèsto tegnir. Me vegniva la parole a la bocca, procurava a inghiottire, e me soffegava. Da una rècchia i me diseva: tasi; da quel'altra i diseva: parla. Oe, ho serà la recchia del tasi e ho slargà la recchia del parla, e ho parlà fina che ho podèsto.

PAS. Me despiase che i nostri òmeni i ha avùo da precipitare.

LUC. Eh gnente. Tòffolo xé un martuffo; no sarà gnente.

PAS. Beppo vôl licenziar Orsetta.

LUC. Ben! El ghe ne troverà un'altra! a Chioza no gh'è carestia de putte.

PAS. No, no; de quaranta mile àneme che sèmo, mi credo che ghe ne sia trenta mile de donne.

LUC. E quante che ghe ne xé da maridare!

PAS. Per questo, védistu? Me despiase, che se Titta-Nane te lassa, ti stenterà a trovàrghene un altro.

LUC. Cossa gh'òggio fatto mì a Titta-Nane?

PAS. Gnente non ti gh'ha fatto, ma quele pettegole l'ha messo suso.

LUC. Se el me volesse ben, nol ghe crederàve.

PAS. No sàstu che el xé zeloso?

LUC. De cossa? No se può gnanca parlare? No se può ridere? No se se può divertire? I òmeni i stà diese mesi in mare; e nu altre avèmo da star qua muffe muffe a tambascare co ste malignaze mazzocche?

PAS. Oe, tasi, tasi; el xé qua Titta-Nane.

LUC. Oh! el gh'ha la smara. Me n'accorzo, co 'l gh'ha la smara.

PAS. No ghe star a fare el muson.

LUC. Se el me lo farà elo, ghe lo farò anca mì.

PAS. Ghe vùstu ben?

LUC. Mì sì.

PAS. Mòlighe, se ti ghe vôl ben.

LUC. Mi no, varé.

PAS. Mo via, no buttare testarda.

LUC. Oh! piuttosto crepare.

PAS. Mo che putta morgnona!

SCENA III

TITTA-NANE, e dette,

TIT. (da sé) (La vorìa licenziare; ma no so come fare.)

PAS. (a Lucietta) (Vàrdelo un poco.)

LUC. (a Pasqua) (Eh! che ho da vardare il mio merlo, mì, ho da vardare.)

PAS. (da sé) (Ghe pesteràve la testa su quel balon).

TIT. (da sé) No la me varda gnanca. No la me gh'ha gnanca in mènte.)

PAS. Siorìa, Titta-Nane.

TIT. Siorìa.

PAS.(a Lucietta) (Salùdilo).

LUC. (a Pasqua) (Figurève, se vòggio esser la prima mì!)

TIT. Gran premura de laorare!

PAS. Còssa diséu? Sémio donne de garbo, fio?

TIT. Sì, sì: co se puòl, fé ben a spessegare, perché co vien dei zoveni a sentarse arènte, no se puòl laorare.

LUC. (tossisce con caricatura.)

PAS. (a Lucietta) (Mòlighe).

LUC. (Made.)

TIT. Donna Pasqua, ve piase la zucca barucca?

PAS. Varé vedé! Per còssa me lo domandéu?

TIT. Perché gh'ho la bocca.

LUC. (Sputa forte).

TIT. Gran catàro, patròna!

LUC. La zucca me fa spuare. (lavorando senza alzar gli occhi)

TIT. (con isdegno) Cusì v'avéssela soffegà.

LUC. (come sopra) Possa crepare chi me vuol male!

TIT. (da sé) (Orsù l'ho dita, e la vòggio fare.) Donna Pasqua, parlo co vù, che sé donna, a vù v'ho domandà vostra cugnà Lucietta, e a vù ve digo che la licenzio.

PAS. Varé che sesti! Per còssa?

TIT. Per còssa, per còssa...

LUC. (s'alza per andar via.)

PAS. Dove vàstu?

LUC. Dove che vòggio. (va in casa e a suo tempo ritorna)

PAS. (a Titta) No sté a badare ai pettegolezzi.

TIT. So tutto, e me maraveggio de vù, e me maraveggio de ela.

PAS. Mo se la ve vôl tanto bèn!

TIT. Se la me volesse ben, no la me voltaràve le spare.

PAS. Poverazza! La sarà andada a piànzere, la sarà andada.

TIT. Per chi a piànzer? Per Marmottina?

PAS. Mo no, Titta-Nane, mo no che la ve vol tanto bèn; che co la ve vede andar in mare, ghe vien l'angóssa. Co vien suso dei temporali, la xé meza matta; la se stremisse per causa vostra. La se leva suso la notte, la va al balcon a vardar el tempo. La ve xé persa drio, no la varda per altri occhi che per i vostri.

TIT. E perché mo no dirme gnanca una bona parola?

PAS. No la puòl, la gh'ha paura; la xé propriamente ingroppà.

TIT. No gh'ho rason fursi de lamentarme de ela?

PAS. Ve conterò mi, come che la xé stà.

TIT. Siora no: vói che ela me'l diga, e che la confessa, e che la me domanda perdon.

PAS. Ghe perdonaréu?

TIT. Chi se? Poderàve esser de sì. Dove xéla andà?

PAS. Vèla qua, vèla qua che la vien.

LUC. Tolé, sior, le vostre scarpe, le vostre cordèle, e la vostra zendalina che m'avé dà. (getta tutto in terra)

PAS. Oh poveretta mi! Xèstu matte? (raccoglie la roba, e la mette sulla seggiola)

TIT. A mì sto affronto?

LUC. No m'avéu licenzià? Tolé la vostra robe, e pettévela.

TIT. Se parleré co Marmottina, lo mazzerò.

LUC. Oh viva diana! M'avé licenzià, e me voressi anca mo comandare?

TIT. V'ho licenzià per colù, v'ho licenzià.

PAS. Me maraveggio anca, che crediè che Lucietta se voggia taccare con quel squartáo.

LUC. So brutta, so poveretta, so tutto quel che volé; ma gnanca co un battelante no me ghe tacco.

TIT. Per còssa ve lo féu sentar arente? Per còssa toléu la zucca barucca?

LUC. Varé, che casi!

PAS. Varé, che gran criminali!

TIT. Mì co fazzo l'amore, no vòggio che nissun possa dire. E la vòggio cusì, la vòggio. Mare de diana! A Titta-Nane nissùn ghe l'ha fatta tegnire. Nissùn ghe la farà portare.

LUC. (si asciuga gli occhi) Varé là, che spuzzetta!

TIT. Mì so omo, savéu? so omo. E no so un puttelo, savéu?

LUC. (piange mostrando di non voler piangere.)

PAS. (a Lucietta) Còssa gh'àstu?

LUC. Gnente. (piangendo dà una spinta a donna Pasqua)

PAS. Ti pianzi?

LUC. Da rabbia, da rabbia, che lo scanneràve co le mie man.

TIT. (accostandosi a Lucietta) Via, digo! Còssa xé sto fiffare?

LUC. Andé in malora.

TIT. (a donna Pasqua) Sentìu, siora?

PAS. Mo no gh'àla rasón? Se sé pèzo d'un can.

TIT. Voléu ziogare, che me vago a trar in canale?

PAS. Via, matto!

LUC. (come sopra piangendo) Lassé che el vaga, lassé.

PAS. Via, frascona!

TIT. (intenerendosi) Gh'ho volèsto ben, gh'ho volèsto.

PAS. (a Titta) E adesso no più?

TIT. Còssa voléu? Se no la me vuòle.

PAS. Còssa dístu, Lucietta?

LUC. Lassème stare, lassème.

PAS. (a Lucietta) Tiò le to scarpe, tiò la to cordela, tiò la to zendalina.

LUC. No vòggio gnente, no vòggio.

PAS. (a Lucietta) Vien qua, sènti.

LUC. Lassème stare.

PAS. Dighe una parole.

LUC. No.

PAS. Vegnì qua, Titta-Nane.

TIT Made.

PAS. (a Titta). Mo via.

TIT. No vòggio.

PAS. Debòtto ve mando tutti do a far squartare.

SCENA IV

IL COMANDADORE, e detti.

COM. (a Pasqua) Séu vù donna Pasqua, muggièr de paron Toni Canestro?

PAS. Missiersì; còssa comandéu?

COM. (a Pasqua) E quela xéla Lucietta sorela de paron Toni?

PAS. Siorsì: còssa voressi da ela?

LUC. (da sé) (Oh poveretta mì! Còssa vuorlo el Comandadore?)

COM. Ve cito per ordene de chi comanda, che andé subito a Palazzo in Cancelarìa a esaminarve.

PAS. Per còssa?

COM. Mi no so altro. Andé e obbedì, pena diese ducati, se no gh'andé.

PAS. (a Lucietta) (Per la custión.)

LUC. (Oh mì no ghe vòggio andare.)

PAS. (Oh bisognerà ben che gh'andèmo.)

COM. (a Pasqua) Xéla quela la casa de paron Fortunato?

PAS. Siorsì, quela.

COM. No occorr'altro. La porta xé averta, anderò de suso. (entra in casa)

SCENA V

PASQUA, LUCIETTA e TITTA-NANE.

PAS. Avéu sentìo, Titta-Nane?
TiT. Ho sentìo; quel furbazzo de Marmottina m'averà querelào. Bisogna che me vaga a retirare.
PAS. E mio marìo?
LUC. E i mi fradeli?
PAS. Oh, poverette nu! Va là, va a la riva, va a véde, se ti li catti, vàli a avisare. Mi anderò a cercare paron Vicenzo, e mio compare Dottore, anderò da la lustrissima, anderò da sior Cavaliere. Poveretta mi! la mia roba, el mio oro, la mia povera cà, la mia povera cà! (parte)

SCENA VI

LUCIETTA e TITTA-NANE.

TIT. Vedéu, siora? Per causa vostra.
LUC. Mì? Còss'òggio fatto? Per causa mia?
TIT. Perché no gh'avé giudizio, perché sé una frasca.
LUC. Va in malora, strambazzo.
TIT. Anderò via bandìo, ti sarà contènta.
LUC. Bandìo ti anderà? Vié qua. Per còssa bandìo?
TIT. Ma se ho da andare, se i m'ha da bandire, Marmottina lo vói mazzare.
LUC. Xèstu matto?
TIT. (a Lucietta minacciandola) E tì, e tì, ti me l'ha da pagare.
LUC. Mì? Che colpa n'òggio?
TIT. Vàrdete da un desperào, vàrdete.
LUC. Oe, oe, vien el Comandadore.
TIT. Poveretto mì! presto, che no i me vede, che no i me fazze chiappare. (parte)
LUC. Can, sassin, el va via, el me manazza. Xélo questo el ben che el me vuole? Mo, che òmeni!
Mo che zente! No, no me vòggio più maridare; più tosto me vòggio andar a negare. (parte)

SCENA VII

IL COMANDADORE (esce di casa) e PARON FORTUNATO.

COM. Mo, caro paron Fortunato, sé omo, savé còssa che xé ste còsse.
FOR. Mì à suso, no e so mai stao à suso. Cancelaìa, mai stao mì Cancelaìa.
COM. No ghe sé mai stà in Cancelarìa?
FOR. Sió no, sió no, so mai stao.
COM. Un'altra volta, no diré più cusì.
FOR. E pe còssa gh'ha a andà mia muggière?
COM. Per esaminarse.
FOR. E cugnae anca?
COM. Anca ele.
FOR. Anca e putte ha andare? E putte, anca e putte?
COM. No vàle co so sorela maridada? Còssa gh'àle paura?
FOR. E pianze, e ha paura, no le vuò andare.
COM. Se no le gh'anderà, sarà pèzo per ele. Mi ho fatto el mio dèbito. Farò la riferta, che sé citai, e penséghe vù. (parte)
FOR. Bisogna andare, bisogna: bisogna andare, muggière; muggière, méttite el ninzoètto, muggière.
Cugnà Orsetta, e ninzoètto. Cugnà Checca, e ninzoètto. (forte verso la scena) Bisogna andare,
bisogna, bisogna andare. Maledio e baruffe, i baroni furbazzi. Via pètto, trighève, còssa féu? Donne,

fèmene, maledìo, pètto. Ve végnio a petubare, ve végnio a petubare. (entra in casa)

SCENA VIII

Cancelleria.

ISIDORO e PARON VICENZO.

VIC. La vede, lustrìssimo, la xé una còssa da gnente.
ISI. Mi no ve digo che la sia una gran còssa. Ma ghe xé l'indolenza, ghe xé la nomina dei testimoni, xé incoà el processo: la Giustizia ha d'aver el so logo.
VIC. Crédela mo, lustrissimo, che colù che xé vegnù a querelare, sia innocente? L'ha tratto anca elo de le pieràe.
ISI Tanto mèggio. Co la formazion del processo rileveremo la verità.
VIC. La diga, lustrissimo; no la se podcrave giustare?
ISI. Ve dirò: se ghe fusse la pase de chi xé offeso, salve le spese del processo, la se poderave giustar.
VIC. Via, lustrissimo; la me cognosse, so qua mi, la me varda mì.
ISI. Ve dirò, paron Vicenzo. V'ho dito: che la se poderàve giustar, perché fin adesso dal costituto dell'indolente no ghe xé gran còsse. Ma no so quel che possa dir i testimoni: e almanco ghe ne vói esaminar qualcheduno. Se no ghe sarà de le cosse de più; che no ghe sia ruze vecchie, che la baruffa no sia stada premeditada, che no ghe sia prepotenze, pregiudizi del terzo, o cosse da sta nature; mì anzi darò man a l'aggiustamento. Ma mì per altro no vói arbitrar. Son Cogitor, e no son Cancelier, e ho da render conto al mio principal. El Cancelier xé a Venezia; da un momento a l'altro el s'aspetta. El vederà el processetto; ghe parleré vù, ghe parlerò anca mì; a mì, utile no me ne vien, e no ghe ne vòggio. Son galantomo, me interesso volentiera per tutti, se poderò farve del ben, ve farò del ben.
VIC. Ela parla da quel signor che la xé: e mi so quel che averò da fare.
ISI. Per mi, ve digo, no vòggio gnénte.
VIC. Via, un pèsse, un bel pèsse.
ISI. Oh! fina un pésse, sì ben. Perché gh'ho la tola; ma anca a mì me piase far le mie regolette.
VIC. Oh! lo so, che sió Cogitore el xé de bon gusto, sió Cogitore.
ISI. Cossa voléu far? Se laóra: bisogna anca devertirse.
VIC. E ghe piase i ninzoletti a sió Cogitore.
ISI. Orsù, bisogna che vada a spedir un omo. Sté qua. Se vien sta zente, diséghe che adesso torno. Diséghe a le donne, che le vegna a esaminarse, che no le gh'abbia paura, che son bon con tutti, e co le donne son una pasta de marzapan. (parte)

SCENA IX

VICENZO solo.

VIC. Sió sì, el xé un galantomo; ma in casa mia no'l ghe bàzzega. Da le mie donne no'l vien a far careghètta. Sti siori da la perucca, co nu altri pescaóri no i ghe stà ben. Oh per diana! Vèle qua che le se vié a esaminare. Aveva paura che no le ghe volesse vegnire. Le gh'ha un omo con ele. Ah! sì, el xé paron Fortunato. Vegnì, vegnì, creature, che no gh'è nissùn.

SCENA X
PASQUA, LUCIETTA, LIBERA, ORSETTA, CHECCA, tutte in "ninzoletto", PARON FORTUNATO, ed il suddetto.

CHE. Dove sèmio?
ORS. Dove andèmio?
LIB. Oh poveretta mì! No ghe so mai vegnùa in sto liógo.

FOR. (saluta paron Vic.) Paró Izènzo, siorìa, paró Izènzo.

VIC. (salutandolo) Paron Fortunato.

LUC. Me trema le gambe, me trema.

PAS. E mì? Oh che spàsemo che me sènto!

FOR. (a Vicenzo) Doe xélo e sió Canceliere?

VIC. Nol ghe xé; el xé a Venezia el sior Canceliere. Ve vegnirà a esaminare el sió Cogitore.

LIB. (a Orsetta urtandola, facendo vedere che lo conoscono molto) (Oe, el Cogitore!)

ORS. (a Checca urtandola e ridendo) (Oe, quel lustrissimo inspiritào.)

PAS. (a Lucietta con piacere) (Àstu sentìo? Ne esaminerà el Cogitore).

LUC. (a Pasqua) (Oh! gh'ho da caro. Almanco lo cognossèmo.)

PAS. (a Lucietta) (Sì, el xé bonazzo.)

LUC. (a Pasqua) (V'arecordéu che l'ha comprà da nù sie brazza de merlo da trenta soldi, e el ne l'ha pagà tre lire?)

SCENA XI

ISIDORO e detti.

ISI. Cossa féu qua.

TUTTE LE DONNE. Lustrissimo, lustrissimo.

ISI. Cossa voléu? Che ve esamina tutti in t'una volta? Andé in sala, aspetté; ve chiamerò una a la volta.

PAS. Prima nù.

LUC. Prima nù.

ORS. Sémo vegnùe prima nù.

ISI. Mì no fazzo torso a nissùn: ve chiamerò per órdene, come che troverò i nomi scritti in processo. Checca xé la prima. Che Checca resta, e vu altre andé fore.

PAS. Mo za, segùro; la xé zovenetta. (parte)

LUC. No basta miga; bisogna essere fortunàe. (parte)

ISI. (da sé) (Gran donne! Le vól dir certo, le vól dir, se le credesse de dir la verità.)

FOR. Andèmo fuòa, andèmo fuòa, andèmo.

ORS. Oe, sió Cogitore, no la ne fazza star qua tre ore, che gh'avèmo da fare, gh'avèmo. (parte)

ISI Sì, sì, ve destrigherò presto.

LIB. (ad Isidoro) Oe, ghe la raccomando, salo? El varda ben che la xé una povera innocente.

ISI. In sti loghi no ghe xé pericolo de ste còsse.

LIB. (da sé) (El xé tanto ingalbanìo, che me fido puoco.) (parte)

SCENA XII

ISIDORO e CHECCA, poi il COMANDADORE.

ISI. Vegni qua, fia, sentéve qua. (siede)

CHE. Eh! sior no, stago ben in pie.

ISI. Sentéve, no ve vòggio veder in pie.

CHE. Quel che la comanda. (siede)

ISI. Cossa gh'avéu nome?

CHE. Gh'ho nome Checca.

ISI. El cognome?

CHE. Schiantìna. I

SI. Gh'avéu nissun soranòme?

CHE. Oh giusto, soranòme!

ISI. No i ve dise Puinetta?

CHE. (s'ingrugna) Oh! certo, anca elo me vôl minchionare.

ISI. Via se sé bella, sié anca bona. Respondéme. Savéu per còssa che sié chiamada qua a esaminarve?

CHE. Sior sì, per una baruffa.

ISI. Contéme come che la xé stada.

CHE. Mì no so gnente, che mì no ghe giera. Andava a ca co mia sorela Libera, e co mia sorela Orsetta, e co mio cugnà Fortunato; e ghe giera paron Toni, e Beppo Cospettoni, e Titta-Nane, che i ghe voleva dare a Tòffolo Marmottina, e elo ghe trava de le pieràe.

ISI. Per còssa mo ghe voléveli dar a Toffolo Marmottina?

CHE. Perché Titta-Nane fa l'amore co Lucietta Panchiana, e Marmottina ghe xé andào a parlare, e el gh'ha pagào la zucca barucca.

ISI. Ben; ho capìo, baste cusì. Quanti anni gh'avéu?

CHE. El vuol saver anca i anni?

ISI. Siora sì; tutti chi se esamina, ha da dir i so anni; e in fondo de l'esame se scrive i anni. E cusì, quanti ghe n'avéu?

CHE. Oh! mi no me li scondo i mi anni. Disisette fenìi.

ISI. Zuré d'aver dito la verità.

CHE. De còssa?

ISI. Zuré, che tutto quel che avé dito nel vostro esame, xé la verità.

CHE. Sior sì; zuro che ho dito la verità.

ISI. El vostro esame xé finlo.

CHE. Posso andar via donca?

ISI. No, ferméve un pochetto. Come stéu de morosi!

CHE. Oh! mì, no ghe n'ho morosi.

ISI. No disé busìe.

CHE. Òggio da zurare?

ISI. No, adesso no avè più da zurar; ma le busie no sta ben a dirle. Quanti morosi gh'avéu?

CHE. Oh mì! nissun me vuol, perchè son poveretta.

ISI. Voléu, che ve fazza aver una dota?

CHE. Magàri!

ISI. Se gh'avessi la dota, ve marideressi?

CHE. Mì sì, lustrissimo, che me mariderìa.

ISI. Gh'avéu nissun per le man?

CHE. Chi vôrlo che gh'abbia?

ISI. Gh'avéu nissun che ve vaga a genio?

CHE. El me fa vergognare.

ISI. No ve vergogné, semo soli; parléme con libertà.

CHE. Titta-Nane, se lo podesse avere, mì lo chioràve.

ISI. No xélo el moroso de Lucietta?

CHE. El la gh'ha licenzià.

ISI. Se el l'ha licenziada, podemo veder, se el ve volesse.

CHE. De quanto saràla la dota?

ISI. De cinquanta ducati.

CHE. Oh siorsì! Cento me ne dà mio cugnà. Altri cinquanta me ne ho messi da banda col mio balon. Mi credo che Lucietta no ghe ne daghe tanti.

ISI. Voléu che ghe fazza parlar a Titta-Nane?

CHE. Magàri, lustrissimo!

ISI. Dove xélo?

CHE. El xé retirà.

ISI. Dove?

CHE. Ghel dirò in t'una recchia, che no vorìa che qualcun me sentisse. (gli parla all'orecchia)

ISI. Ho inteso. Lo manderò a chiamar. Ghe parlero mì, e lassé far a mi. Andé, putta, andé, che no i diga.... se me capì! (suona il campanello)

CHE. Uh! caro lustrissimo benedetto

COM. La comandi.

ISI. Che vegna Orsetta.

COM. Subito.

ISI. Ve saverò dir, ve vegnirò a trovar.

CHE. (s'alza) I ustrìssimo, sì. (da sé) (Magàri, che ghe la fasse veder a Lucietta! magari!)

SCENA XIII

ORSETTA, e detti, poi il COMANDADORE.

ORS. (piano a Checca) (Tanto ti xé stada? Còssa t'àlo esaminà?)

CHE. (a Orsetta) (Oh sorela! Che bel esame che ho fatto! Te conterò tutto). (parte)

ISI. Vegnì qua, sentéve.

ORS. Sior sì (siede con franchezza).

ISI. (da sé) (Oh la xé più franca, custia!) Còssa gh'avéu nome ?

ORS. Orsetta Schiantina.

ISI. Detta?

ORS. Còss'è sto detta?

ISI. Gh'avéu soranóme?

ORS. Che soranòme vôrlo che gh'abbia?

ISI. No ve dìseli de soranóme, Meggiotto?

ORS. In veritàe, lustrìssimo, che se no fusse dove che son, ghe voràve pettenare quela perucca.

ISI. Oe! parlé con rispetto.

ORS. Còssa xé sto Meggiotto? I meggiòtti a Chióza xé fatti col semolèi, e co la farina zala; e mi no son né zala, né del color dei meggiòtti.

ISI. Via, no ve scaldé, patrona, che questo no xé logo da far ste scene. Respondéme a mì. Savéu la cause per la qual sé vegnùa a esaminarve?

ORS. Sior no.

ISI. Ve lo podéu immaginar?

ORS. Sior no.

ISI. Savéu gnente de una certa baruffa?

ORS. So, e no so.

ISI. Via, contéme quel che savé.

ORS. Che el m'interoga, che responderò,

ISI. (da sé) (Custia xé de quele, che fa deventar matti i poveri Cogitori). Cognosséu Tòffolo Zavatta?

ORS. Sior no.

ISI.Tòffolo Marmottina?

ORS. Sior sì.

ISI.Savéu, che nissùn ghe volesse dar?

ORS. Mì no posso saver che intenzion che gh'abbia la zente.

ISI. (da sé) (Oh che drétta!) Avéu visto nissùn con de le arme contra de elo?

ORS. Sior sì.

ISI. Chi giérili?

ORS. No m'arecordo.

ISI. Se i nominerò, ve i arecorderéu?

ORS. Se la i nominerà, ghe responderò.

ISI. (da sé) (Siéstu maladétta! La me vuol far star qua fin stasera). Ghe giéra Titta-Nane Moletto?

ORS. Sior sì.

ISI. Ghe giéra paron Toni Canestro?

ORS. Sior sì.

ISI. Ghe giera Beppo Cospettoni?

ORS. Sior sì.

ISI. Brava, siora Meggiòtto

ORS. El diga: gh'àlo nissùn soranome, elo?

ISI. (scrivendo) Via, via, manco chiàccole.

ORS. Oh! ghe lo metterò mi: El sior Cogitore giazzào.

ISI. Tòffolo Marmottina àlo tratto de le pieràe?

ORS. Sior sì, el ghe n'ha tratto. (da sé) (Magari in te la testa del Cogitore!)

ISI. Còssa diséu?

ORS. Gnente, parlo da mia posta. No posso gnanca parlare?

ISI. Per còssa xé nato sta contesa?

ORS. Còssa vôrlo che sappia?

ISI. (da sé) (Oh, son debòtto stuffo!) Savéu gnente, che Titta-Nane gh'avesse zelusìa de Tòffolo Marmottina?

ORS. Sior si; per Lucietta Panchiana.

ISI. Savéu gnente, che Titta-Nane abbia licenzià Lucietta Panchiana?

ORS. Sior sì; ho sentìo a dir, che el la gh'ha licenzià.

ISI. (da sé) (Checca ha dito la verità. Vederò de farghe sto ben). Oh! via, debòtto sé destrigada. Quanti anni gh'avéu?

ORS. Oh ca de dia! anca i anni el vuol savere?

ISI. Siorasì, anca i anni.

ORS. El li ha da scrivere?

ISI. I ho da scrìver!

ORS. Ben; che el scriva disnove.

ISI. (scrive) Zuré, d'aver dito la verità.

ORS. Ho da zurare?

ISI. Zuré d'aver dito la verità.

ORS. Ghe dirò: có ho da zurare, veramente ghe n'ho ventiquattro.

ISI. Mì no ve digo che zuré de i anni, che a vu altre donne sto zuramento nol se pól dar. Ve digo, che zuré, che quel che avé dito in te l'esame, xé la verità.

ORS. Oh, sior sì, zuro.

ISI. (suona il campanello).

COM. Chi vôrla?

ISI. Donna Libera.

COM. La servo. (parte)

ORS. (da se') (Varé. Anca i anni se gh'ha da dire!) (s'alza)

SCENA XIV

DONNA LIBERA e detti, poi il COMANDADORE.

LIB. (ad Orsetta) (T'àstu destrigà?)

ORS. (a Libera) (Oe, sent). Anca i anni che se gh'ha, el vuòl savére),

LIB. (Bùrlistu?)

ORS. (a Libera) (E bisogna zurare). (parte)

LIB. (da sé) (Varé che sughi! s'ha da dire i so anni, e s'ha da zurare? So ben quel che farò mi. Oh! i mìi anni no i vòggio dire, e no vòggio zurare).

ISI. O via, vegnì qua, sentéve.

LIB. (non risponde).

ISI. Oe, digo, vegnì qua, sentéve. (facendole cenno che si sieda)

LIB. (va a sedere).

ISI. Chi séu?

LIB. (non risponde).

ISI. (urtandola) Respondé, chi séu.

LIB. Sior?

ISI. Chi séu?

LIB. Còssa dixela?

ISI. (forte) Séu sorda?

LIB. Ghe sento puoco.

ISI. (da sé) (Stago frésco). Còssa gh'avéu nome?

LIB. Piase?

ISI. El vostro nome.

LIB. La diga un poco più forte.

ISI. Eh! che no vòggio deventar matto. (suona il campanello)

COM. La comandi.

ISI. Che vegna dentro quel'omo.

COM. Subito. (tarte)

ISI. (a Libera) Andé a bon viazo.

LIB. Sior?

ISI. (spingendola perché se ne vada) Andé via de qua.

LIB. (da sé) (Oh! l'ho scapolada pulito. I fatti mi, no ghe li vòggio dire).

SCENA XV

ISIDORO, poi PARON FORTUNATO, poi il COMANDADORE.

ISI. Sto mistier xé belo, civil, decoroso, anca utile; ma de le volte le xé còsse da deventar matti.

FOR. Tìssimo sió Cogitore, tìssimo.

ISI. Chi séu?

FOR. Fotunato Aìchio.

ISI. Parlé schiétto, se volé che v'intenda. Capisso per discrezion: paron Fortunato Cavìcchio. Savéu per cossa che sié cità a esaminarve?

FOR. Sió sì, sió.

ISI. Via donca: disé per còssa che sé vegnù?

FOR. So egnù, perché me ha dito e Comandadore.

ISI. Bela da galantomo! So anca mi che sé vegnù, perché ve l'ha dito el Comandador. Savéu gnente de una certa baruffa?

FOR. Sió sì, sió.

ISI. Via diséme, come che la xé stada.

FOR. L'ha a saére, che ancùo so egnù da mare, e so rivào a igo co a tatana; e xé egnùo mia muggière, e a cugnà Osetta, e a cugnà Checca.

ISI. Se no parlé più schiétto, mi no ve capisso.

FOR. Sió sì, sió. Andando a cà co mia muggière, e co mia cugnà, ho isto paró Toni, ho isto, e bare Beppe ho isto, e Titta-Nane Moetto, e Tòffolo Maottina. E parò Toni: tiffe, a spade; e Beppe: alda, alda, o otello; e Maottina: tuffe, tuffe, pieràe; è egnùo Titta-Nane, è egnùo Titta-Nane: lago, lago, co paosso, lago. Tia, mole, baaca. Maottina è cacào, e mì no so altro, m'ala capìo?

ISI. Gnanca una parola.

FOR. Mi pao chiozotto, utìssimo. De che paese xéla, utissimo?

ISI. Mi son Venezian; ma no ve capisso una maledetta.

FOR. Omàndela e tone a dìe?

ISI. Còssa?

FOR. Comandela e tone a dire? A dire? A dire?

ISI. Va in malora, va in malora, va in malora!

FOR. (partendo) Tìssimo.
ISI. Papagà maledetto!
FOR. (allontanandosi) Tìssimo.
ISI. Se el fusse un processo de premura, poveretto mi!
FOR. (sulla porta) Sió Cogitore, tìssimo. (parte)
ISI. El diavolo che te porta. (suona il campanello)
COM. Son a servirla.
ISI. Licenzié quele donne, mandéle via; che le vaga via, che no vòi séntir altro.
COM. Subito. (parte)

SCENA XVI

ISIDORO, poi PASQUA e LUCIETTA, poi il COMANDADORE.

ISI. Bisogna dar in impazienze per forza.
PAS. (con calore) Per còssa ne màndelo via?
LUC. Per còssa no ne vórlo esaminare?
ISI. Perché son stuffo.
PAS. Sì, si, carètto, savèmo tutto.
LUC. L'ha sentìo quele che gh'ha premèsto, e nu altre sèmo scoazze.
ISI. La fenìmio?
LUC. Puinetta el l'ha tegnùa più d'un'ora.
PAS. E Meggiotto quanto ghe xéla stada?
LUC. Ma nù anderemo da chi s'ha d'andare.
PAS. E se faremo fare giustizia.
ISI. No savé gnente. Sentì.
PAS. Còssa voràvelo dire?
LUC. Còssa ne voràvelo infenocchiare?
ISI. Vu altre sé parte interessada, no podé servir per testimonio.
LUC. No xé vero gnente, no xé vero gnente. No semo interessà, no xé vero gnente.
PAS. E anca nù volèmo testimoniare.
ISI. Fenìla una volta.
PAS. E se farèmo sentire.
LUC. E saverèmo parlare.
ISI. Siéu maledette!
COM. Lustrissimo.
ISI. Còssa gh'é?
COM. Xé vegnù el lustrìssimo sior Cancelier. (parte)
PAS. Oh! giusto elo.
LUC. Anderemo da elo.
ISI. Andé dove diavolo che volé. Bestie, diavoli, satanassi! (parte)
PAS. Mare de diana! che ghe la faremo tegnire! (parte)
LUC. Viva cocchietto! che ghe la faremo portare! (parte)

ATTO TERZO

SCENA I

Strada con casa, come nelle altre scene.

BEPPO, solo.

No m'importa; che i me chiappe, se i me vo' chiappare. Anderò in presón: no m'importa gnente; ma mì retirà no ghe vòggio più stare. No muoro contento, se a Orsetta no ghe dago una slèpa. E a Marmottina ghe vòggio taggiare una rècchia, se credesse d'andare in galìa, se credesse. La porta xé serà de custìe, xé serà anca da mì, xé serà. Lucietta, e mia cugnà le sarà andàe a parlare per mì e per mio fradelo Toni; e custìe le sarà andàe a parlare per Marmottina. Sento zènte, sento. Me pare sèmpre d'aver i zaffi a la schina. Zitto, che vié Orsetta. Vié, vié, che te vòggio giustare.

SCENA II

LIBERA, ORSETTA e CHECCA col ninzoletto sulle spalle, e detto

LIB. (amorosamente) Beppo!
ORS. El mio caro Beppo!
BEP. In malora, ìa!
ORS. Con chi la gh'àstu?
LIB. A chi in malora?
BEP. In malora quante che sé.
CHE. (a Beppo) Vàghe ti in malórzega.
ORS. (a Checca) Tasi. (a Beppo) Còssa t'avèmio fatto?
BEP. Ti sarà contenta, anderò in presón; ma avanti ch'a ghe vaghe...
ORS. No, no t'indubitare. No sarà gnente.
LIB. Paron Vicenzo l'ha dito cusì, ch'a no se stemo a travaggiare, che la còssa sarà giustà.
CHE. E po gh'avèmo per nu el Cogitore.
ORS. Se può savere con chi ti la gh'ha almanco?
BEP. Con tì la gh'ho.
ORS. Co mì?
BEP. Sì, con tì.
ORS. Còssa t'òggio fatto?
BEP. Còssa te vàstu a impazzare co Marmottina? Perché ghe pàrlistu? Per cossa te viénlo a cattare?
ORS. Mì?
BEP. Tì.
ORS. Chi te l'ha dito?
BEP. Mia cugnà, e mia sorela me l'ha dito
ORS. Busiàre!
LIB. Busiàre!
CHE. Oh, che busiàre!
ORS. El xé vegnù a parlare con Checca.
LIB. E po el xé andao a sentarse da to sorela.
ORS. E el gh'ha pagào la zucca.
CHE. Basta dire, che Titta-Nane ha licenziào Lucietta.
BEP. L'ha licenzià mia sorela? Per còssa?
CHE. Per amore de Marmottina
ORS. E mi còssa gh'òggio da intrare?
BEP. (a Orsetta) Marmottina no xé vegnù a parlare co tì? L'ha parlao co Lucietta? Titta-Nane l'ha

29

licenzià?

ORS. Sì, can, no ti me credi, balon? No ti credi a la to povera Orsetta, che te vol tanto ben; che ho fatto tanti pianti per tì; che me disconisso per cause toe?

BEP. Còssa donca me vienle a dire quele pettazze?

LIB. Per scaregarse ele, le ne càrega nù.

CHE. Nù no ghe femo gnente, e ele le ne vuol male.

BEP. (in aria minacciosa) Che le vègna a cà, che le vègna!

ORS. Zitto che le xé qua.

LIB. Tasé.

CHE. No ghe disé gnente.

SCENA III

PASQUA e LUCIETTA col ninzoletto sulle spalle, e detti.

LUC. (a Beppo) Còss'è?

PAS. (a Beppo) Còssa fàstu qua?

BEP. (Con sdegno) Còssa me séu vegnùe a dire?

LUC. Senti.

PAS. Vié qua, senti.

BEP. Còssa v'andéu a inventare?...

LUC. (con affanno) Mo vié qua, presto!

PAS Presto, poveretto tì!

BEP. Còss'è? Còssa gh'é da niovo? (s'accosta e lo prendono in mezzo)

LUC. Va via.

PAS. Vàte a retirare. (intanto le altre due donne si cavano i ninzoletti)

BEP. Mo se le m'ha dito, che no xé gnente.

LUC. No te fidare.

PAS. Le te vol sassinare.

LUC. Sèmo stae a Palazzo, e nù no i n'ha gnanca volèsto ascoltare.

PAS. Ele i le gh'ha ricevèste, e nu altre i n'ha cazzào via.

LUC. E Orsetta xé stada drento più de un'ora col Cogitore.

PAS. Ti xé processà!

LUC. Ti xé in cattura.

PAS. Vàte a retirare.

BEP. (a Orsetta) Comuòdo? A sta via se sassina i òmeni?

ORS. Còss'è stà?

BEP. Tegnirme qua per farme precipitare?

ORS. Chi l'ha dito?

LUC. L'ho dito mi, l'ho dito.

PAS. E savèmo tutto, savèmo.

LUC. (a Beppo) Va via.

PAS. (a Beppo) Va via.

BEP (a Orsetta) Vago via... ma me l'averé da pagare

SCENA IV

PARON TONI, e detti.

PAS Marlo!

LUC. Fradelo!

PAS. Andé via.

LUC. No ve lassé trovare.

TON. Tasé tasé, non abbié paura, tasé. Xé vegnùo a trovarme paron Vicenzo, e el m'ha dito, che l'ha parlà co sior Canceliere, che tutto xé accomodao, che se può caminare.

ORS. Sentìu?

LIB. Ve l'avèmio dito?

CHE. Sèmio nù le busiàre?

ORS. Sèmio nù, che ve vôl sassinare?

BEP. (a Pasqua e Lucietta) Còssa v'insuniéu? Còssa v'andéu a inventare?

SCENA V

PARON VICENZO, e detti.

ORS. Vèlo qua paron Vicenzo. No xé giustà tutto, paron Vicenzo?

VIC. No xé giustà gnente.

ORS. Come, no xé giustà gnente?

VIC. No gh'è caso che quel musso ustinà de Marmottina vòggia dar la pase; e senza la pase no se puol giustare.

PAS. Oe, sentìu?

LUC. No ve l'òggio dito?

PAS. No ghe credé gnente.

LUC. No xé giustà gnente.

PAS. No ve fidé a camminare.

LUC. Andéve subito a retirare.

SCENA VI

TITTA-NANE, e detti.

PAS. Oh! Titta-Nane, còssa féu qua?

TIT. Fazzo quelo che vòggio, fazzo.

PAS. (da sé) (Oh! no la ghe xé gnanca passà).

LUC. (a Titta) No gh'avé paura dei zaffi?

TIT. (a Lucietta con sdegno) No gh'ho paura de gnente. (a paron Vicenzo) So stào dal Cogitore; el m'ha mandào a chiamare; e el m'ha dito, che camine quanto che vòggio, e che no staghe più a bacilare.

ORS. (a Lucietta) Parlé mo adesso se gh'avé fià da parlare. No ve l'òggio dito, che gh'avemo per nù el Cogitore?

SCENA VII

COMANDADOR, e detti.

COM. Paron Toni Canestro, Beppo Cospettoni, e Titta-Nane Moletto, vegnì subito a Palazzo con mi da sior Cancelier.

PAS. Oh poveretta mì!

LUC. Semo sassinài!

PAS. (a Orsetta) Che fondamento ghe xé in te le vostre parole?

LUC. (a Orsetta) De còssa ve podéu fidare de quel panchiana de Cogitore?

SCENA VIII

ISIDORO, e detti.

LUC. (vedendo Isidoro) (Uh!)
ISI. Chi è, che me favorisse?
ORS. (accennando Lucietta! Vèla là, lustrissimo. Mì no so gnente.
LUC. Còssa vôrli da i nostri òmeni? Còssa ghe vôrli fare?
ISI. Gnente; che i vegna con mì, e che no i gh'abbia paura de gnente. Son galantomo. Me son impegnà de giustarla, e sior Cancelier se remette in mì. Andé, paron Vicenzo, andé a cercar Marmottina, e fé de tutto per menarlo da mi; e se nol vól vegnir per amor, diséghe, che lo farò vegnir mì per forza.
VIC Sior sì; so qua co se tratta de far del ben. Vago subito. Beppo, paron Toni, vegnì co mi che v'ho da parlare.
TON. So co vù, compare. Co so co vù, so seguro. (parte)
TIT. (da sé) (Oe, mì no me slontàno dal Cogitore).
BEP. Orsetta, a revèderse.
ORS. (a Beppo) Xèstu in còlera?
BEP. Via, che cade? A monte, a monte. Se parlerèmo. (parte con paron Toni e paron Vicenzo)

SCENA IX

ISIDORO, CHECCA, LUCIETTA, PASQUA e TITTA-NANE (più ORSETTA e LIBERA),

CHE. (a Isidoro, piano) (La diga, lustrissimo?)
ISI. (a Checca, piano) (Còss'è, fia?)
CHE. (Gh'àlo parlà?)
ISI. (Gh'ho parlà).
CHE. (Còss àlo dito?)
ISI. (Per dirvela, no'l m'ha dito né sì, né no. Ma me par che i dusento ducati no ghe despiasa).
CHE. (Me raccomando).
ISI. (Lassé far a mi). Via andémo, Titta-Nane.
TIT. (in atto di partire) So qua con ela.
LUC. (a Titta) Gnanca, patron? Gnanca un strazzo de saludo?
PAS. (a Titta) Che creanza gh'avéu?
TIT. (con disprezzo) Patróne.
ISI (a Titta) Via, saludé Checchina.
TIT. (con buona grazia) Bela putta, ve saludo. (Lucietta smania)
CHE. Siorìa, Titta-Nane.
TIT. (da sé) (Gh'ho gusto, che la magna l'agio Lucietta, gh'ho gusto; me vòggio refare). (parte)
ISI. (da sé) (Anca questo per mì xé un divertimento). (parte)

SCENA X

LUCIETTA, ORSETTA, CHECCA, PASQUA e LIBERA.

LUC. (a Pasqua) (Avéu sentìo còssa che el gh'ha dito? Bela putta el gh'ha dito).
PAS. (a Lucietta) (Mo via còssa vùstu andar a pensare?)
LUC. (caricandola forte, che sentano) E ela? Siorla Titta-Nane, siorìa Titta-Nane.
CHE. Coss'è, siora, me burléu?
ORS. Dighe, che la se varda ela.
I. IB. Che la gh'ha el so bel da vardare.

LUC. Mì? Oh! de mi ghe xé puoco da dire: che cattive azion mi no ghe ne so fare.
PAS. (a Lucietta) Via, tasi, no te n'impazzare. No sàstu, chi le xé? Tasi.
CHE. Còssa sèmio?
ORS. (a Libera) Còssa voressi dire?
LIB. (a Orsetta) Via; chi ha più giudizio, el dòpera.
LUC. Oh la savia Sibìla! Le putte, che gh'ha giudizio, parona, le lassa star i novizzi, e no le va a robare i morosi.
ORS. A vù cossa ve robèmio?
LUC. Titta-Nane xé mio novizzo.
CHE. Titta-Nane v'ha licenzià.
PAS. No xé vero gnente.
LIB. Tutta la contrà l'ha sentìo.
PAS. Via, che sé una pettegola.
ORS. Tasé là, donna stramba.
LUC. Sentì, che sbrenà!
LTB. (con ironia e collera) Sentì, che bela putta!
LUC. Mèggio de to sorela.
CHE. No ti xé gnanca degna de minzonarme.
LUC. Povera spórca!
ORS. Come pàrlistu! (s'avanzano in zuffa).
PAS. Voléu ziogare, che ve petuffo?
LIB. Chi?
O RS. Mare de diana! che te sflazelo, vara.
LUC. Oh, che giandussa!
ORS. (le dà sulfa mano) Parla ben, parla.
LUC. (alza le mani per dare) Oe!
LIB. (spingendo Pasqua) Tìrete in là, oe!
PAS. (spingendo Libera) Còss'è sto spenze?
ORS. Oe, oe! (si mette a dare, e tutte si dànno, gridando)
TUTTE. Oe, oe!

SCENA XI

PARON FORTUNATO, e dette.

FOR. Fermève, fermève, donne, donne, fermève. (le donne seguono a darsi, gridando sempre. Fortunato in mezzo, fìnchè gli riesce di separarle, e caccia le sue in casa).
LIB. Ti gh'ha rason. (entra)
CHE. Ti me l'ha da pagare. (entra)
ORS. Te vói cavare la petta, vara. (entra)
PAS. Maledetta! Se no me fava male a sto brazzo, te voleva colegare per terra. (entra)
LUC. E vù, savé, sior Carogno, se no ghe faré far gindizio a culìe, ve trarò su la testa un de quei pittèri, che spuzza. (entra)
FOR. Andé là, puh! maledìe! donne, donne, sempre baùffe, sempre chià. Dise bè e proverbio: donna danno; donna malanno, malanno, danno, malanno. (entra in casa).

SCENA XII

Camera in una casa parlicolare.

ISIDORO e TITTA-NANE.

ISI. Vegnì co mi, non abbié suggizion, qua no semo a Palazzo, qua no semo in Cancelaria. Semo in casa de un galantuomo, de un Venezian, che vien a Chioza do volte a l'anno, e co nol ghe xé elo, el me lassa le chiave a mì; e adesso de sta casa son paron mi, e qua s'ha da far sta pase, e s'ha da giustar tutti i pettegolezzi, perché mi son amigo d'i amici, e a vu altri Chiozotti ve vòggio ben.

TIT. Pe so grazia, sió Cogitore.

ISI. Vegnì qua, zà che semo soli...

TIT Dove xéli sti altri?

ISI. Paron Vicenzo xé andà a cercar Marmottina, e el vegnirà quà, che zà el sa dove che l'ha da vegnir. Paron Toni l'ho mandà da mì in Cancelaria a chiamar el mio servitor, perchè vói che sigilemo sta pase con un pèr de fiaschetti. E Beppo, co v'ho da dir la verità, el xé andà a chiamar donna Libera e paron Fortunato.

TIT. E se Marmottina no volesse vegnire?

ISI. Se no'l vorà vegnir, lo farò porter. Orsù zà che semo soli, respondéme a tòn sul proposito, che v'ho parlà. Checchina ve piàsela? La voléu?

TIT. Co gh'ho da dire la giusta veritàe, la me piase puoco, e fazzo conto de no la volere.

ISI. Come! No m'avé miga dito cusì stamattina.

TIT. Còssa gh'òggio dito?

ISI. M'avé dito: no so, son mézo impegnà. M'avé dòmandà, còssa la gh'ha de dote. Mì v'ho anca dito, che la gh'aveva dusento e passa ducati. M'ha parso, che la dote ve còmoda; mtha parve, che la putta ve piàsa. Còssa me scambiéu adesso le carte in man?

TiT. Lustrìssimo, mì no ghe scambio gnente, lustrissimo. La abbia da saére, che a Lucietta, lustrìssimo, xé do anni, che ghe fazzo l'amore, e me son instizzào, e ho fatto quel che ho fatto per zelusìa, e per amore, e la gh'ho licenzià. Ma la gh'abbia da satre, lustrìssimo, che a Lucietta ghe vòggio ben, ghe vòggio; e co un omo xé instizzào, nol sa quelo ch'a se dighe. Stamattina Lucietta l'averàve mazzà, e zà un puoco gh'ho volèsto dare martelo; ma co ghe pènso, mare de diana! lustrìssimo, no la posso lassare; e ghe vòggio ben, ghe vòggio. La m'ha affrontào; la gh'ho licenzià: ma me schioppa el cuor.

ISI. Oh bela da galantuomo! E mì ho mandà a chiamar donna Libera, e paron Fortunato, per parlarghe de sto negozio, e domandarghe Checca per vu.

TIT. (Con dispiacere) Grazie, lustrìssimo.

ISI. No la volé donca?

TIT. (come sopra). Grazie a la so bontàe.

ISI Si? o no?

TIT. Co bo respetto: mi no. lustrìssimo.

ISI. Andéve a far squartar, che no me n'importa.

TIT. Comuòdo pàrlela, lustrissimo? So pover'omo, so un povero pescaóre; ma so galantomo, lustrissimo.

ISI. Me despiase, perché gh'averave gusto de maridar quela putta.

TIT. Lustrissimo, la me compatissa, se no ghe fasse affronto, ghe voràve dire do parole, ghe voràve dire.

ISI. Disé pur: còssa mo voressi dir?

TIT. Caro lustrìssimo, la prego, no la se n'abbia per male.

ISI. No, no me n'averò per mal. (da sé) (Son curioso de sentir, còssa che el gh'ha in testa de dirme.)

TIT Mi parlo co tutto e respetto. Baso dove che zappa e sió Cogitore; ma se m'avesse da maridare, no vorìa che un lustrissimo gh'avesse tanta premura per mia muggièr.

ISI Oh che caro Titta-Nane! Ti me fa da rider, da galantomo. Per cossa crédistu che gh'abbia sta premura per quela putta?

TIT. (ironico) Che cade? Affin de ben, affin de ben, che cade?

ISI. Son un zóvene onesto, e non son capace...

TIT. Eh via, che cade?

ISI. (da sé) (Oh che galiotto!)

SCENA XIII

PARON VICENZO e detti, poi TOFFOLO.

VIC. So qua, lustrìssimo. Finalmente l'ho persuaso a vegnire.
ISI. Dov'elo?
VIC. El xé de fuora; che lo chiame?
ISI. Chiamélo.
VIC. Tòffolo, vegni a nù.
TOF So quà, pare. (a Isidoro salutandolo) Tissimo.
ISI. Vien avanti.
TOF. (salutandolo ancora) Lustrissimo sió Cogitore.
ISI. Dime un poco, per còssa no vùstu afar la pase a quei tre òmeni, coi quali ti ha avù stamattina quela contesa?
TOF Perché, lustrissimo, i me vuol amazzare.
ISI. Co i te domanda la pase, no i te vuol mazzar.
TOF. I xé galiotti, lustrìssimo.
TIT. (a Toffolo, minacciandolo, acciò parli con rispetto) Olà, olà.
ISI. (a Titta) Quietéve. E ti parla ben, o te farò andar in t'un camerotto.
TOF. Quel che la comanda, lustrìssimo.
ISI. Sàstu che per le pieràe che ti ha tratto, ti meriti anca ti d'esser processà; e che, stante la malizia, co la qual ti xé vegnù a querelar, ti sarà condannà in te le spese?
TOF Mi so pover'omo, lustrìssimo; mi no posso spèndere. (a Vicenzo e Titta) Vegni qua, mazzème; so pover'omo, mazzème.
ISI. (da sé) (Costù el par semplice; ma el gh'ha un fondo de malizia de casa del diavolo.)
VIC. Daghe la pase, e la xé fenìa.
TOF. Vòggio essere seguro de la mia vita.
ISI. Ben, e mi te farò assicurar. Titta-Nane, me déu parole a mì de no molestarlo?
TIT. Mi sì, lustrissimo. Basta che el lassa stare Lucietta, e che nol bàzzega per quele contràe.
TOF Mi, fradelo, Lucietta non la gh'ho gnanca in mente, e no ziro colà per ela, no ziro.
ISI. Per chi ziristu donca?
TOF. Lustrissimo, anca mi so da maridare.
ISI. Mo via, di' suso. Chi gh'àstu da quele bande?
TOF. Lustrìssimo...
VIC. Orsetta?
TOF. Made!
ISI. Checca fursi?
TOF. (ridendo) Ah, ah! bravo lustrissimo, bravo.
TIT Ti xé un busiaro!
TOF. Per còssa busiaro?
TIT. Perché Checca m'ha dito, e donna Libera, e Orsetta m'ha dito, che ti t'ha sentào da Lucietta, e che ti gh'ha pagào da marenda.
TOF. Per fare despeto l'ho fatto.
TIT. A chi?
ISI. (a Titta) Quietéve. Distu dasséno, che ti ghe vól ben a Checca?
TOF. Mi sì, da putto.
ISI. La toréssistu per muggièr?
TOF. Mare de diana, se la chioràve!
ISI. E ela mo, te voràla?
TOF Vara, chiòe! Per còssa no m'averàvela da volere? La m'ha dito de le parole, l'ha m'ha dito, che no le posso mo gnanca dire. So sorela m'ha descazzào, da resto... e co metto peota a Vigo, la poderò mantegnire.

ISI. (da sé) (Mo el saràve giusto a proposito per Checchina)

SCENA XIV

PARON TONI, un Servitore con fiaschi, e detti.

TON. Xé qua el servitor, lustrissimo.
ISI. Bravo! Metti zoso quei fiaschi, e va de là in cusina e varda in quel armeretto, che gh'é dei gotti. (servitore parte)
TON. (Com'èla, paron Vicenzo?)
VIC. (Ben, ben. S'ha scoverto de le còsse... Anderà tutto ben.)
ISI. Tòffolo, alegramente, che vói che femo sto matrimonio.
TOF. Magari, lustrissimo!
TON. Olà, Toffolo, con chi?
ISI. Con Checchina.
TON. E mio fradelo Beppo sposerà Orsetta.
ISI. Bravi! E Titta-Nane sposerà Lucietta.
TIT. Se la vegnirà co le bone, può essere che mi la spose.
ISI. A monte tutto. No gh'ha da esser puntigli. Avemo da far ste nozze, e vegnì qua tutti, e sposéve qua. Providerò mi i confetti, e ceneremo e faremo un festin, e staremo alegri.
TOF. Paró Toni, aliègri.
TON. Aliègri, paró Vicenzo.
VIC. Aliègri.
ISI. Via, Titta-Nane, anca vu aliègri!
TIT. So qua, so qua, no me cavo.
ISI. Via, fé pase.
TOF. Pase. (abbraccia Toni)
TON. Pase. (abbraccia Toffolo)
TOF. Amìgo. (abbraccia Titta)
TIT. Amìgo. (abbraccia Toffolo)
TOF. Paró Vicènzo. (abbraccia Vicenzo).
VIC. Amici, amici.

SCENA XV

BEPPO e detti.

TOF. (salta ed abbraccia Betio) Amigo, pase, parente, amico.
BEP. Férmete. (a Toni) Oh che strepiti! Oh che sussuri! Fradelo, no ve posso fenir de dire.
ISI. Coss'é stà?
BEP. (parla delle donne) Le ha criao, le s'ha dao, le stha petuffao.
ISI. Chi?
BEP. Mia cugnà Pasqua, Lucietta, donna Libera, Checca, Orsetta. So andao per andare, come che m'ha dito e sió Cogitore. No le m'ha volesto in cà, no le m'ha volesto. Orsetta m'ha serao el balcon in te'l muso. Lucietta no vól più Titta-Nane. Le cria, che le s'averze; e ho paura che le se voggia tornar a dare.
TIT. Sangue de diana! Com'èla? Sangue de diana! (parte)
TON Voggio andar a defendere mia muggière. (parte)
BEP. Se daremo, se daremo, faremo custion, se daremo. (parte)
VIC. Fermève, fermève, no sté a precipitare. (parte)
TOF. Che i lassa stare Checca, oe! che i lassa stare. (parte)
ISI. Siéu maledetti, siéu maledetti, siéu maledetti! (parte)

SCENA XVI

Strada con casa, come altre volte.

LUCIETTA e ORSETTA alla finestra delle loro casa. DONNA PASQUA di dentro.
LUC. Còss'è? No ti vól più mio fradelo? No ti xé gnanca degna d'averlo.
ORS. Oh! ghe vuol puoco a trovare de meggio.
LUC. Chi troverastu?
ORS. Rulo.
LUC. Ghe mancheràve puoco, che no te fasse la rima.
ORS. No se salo, che ti xé una sboccà?
LUC. Sì se fusse co fa tì.
ORS. Tasi se, che son una putta da ben.
LUC. Se tale ti fussi, tale ti operaressi.
ORS. Via sussurante.
LUC. Cattabaruffe.
PAS. (di dentro chiamandola forte) Lucietta, vien drento, Lucietta.
LUC. Tì gh'anderà, via, ve', de sta contrà
ORS. Chi?
LUC. Ti.
PAS. (di dentro) Lucietta.
ORS. Chiò, vara. (si batte nel gomito)
LUC. Va al turo. (si ritira)
ORS. Povera spórca! Con chi crédistu aver da fare? Mi sì, che me mariderò; ma tì? No ti troverà
nissun che te vòggia. Uh! quel povero desgrazià che te voleva, el stava fresco; el giera conzà co le
ceolette. No'l te vol più, ve'. Titta-Nane, no, ve', no'l te vól più, ve'.
LUC. (torna al balcone). Mì no me n'importa, che anca se el me volesse, mì no lo vòggio.
ORS. La volpe no vuol cerièse.
LUC. Sì, sì, el sposerà quela sporca de to sorela.
ORS. Oe, parla ben
PAS. (di dentro) Lucietta.
LUC. A mì, se ghe ne vòggio, no me n'amanca.
ORS. Eh! lo so, che ti gh'ha el protettore.
LUC. Tasi sa, che te farò desdire.
PAS. (di dentro) Lucietta, Lucietta.
ORS. (burlandosi di Lucietta) Oh che paura!
LUC. Te farò vegnire l'angóssa.
ORS. Maramèo, squaquarà, maramèo.
LUC. Vago via, perché no me degno. (si ritira)
ORS. Va via, va via, no te far smattare. (si ritira)
LUC. (torna chiamandola col suo sopranome) Meggiòtto.
ORS. (torna e fa lo stesso) Panchiana.
LUC. Tuffe. (si ritira)
ORS. Malagrazia. (si ritira)
LUC. (torna, e le dice con ironia e disprezzo) Mo che bela zòggia!
ORS. (torna e le dice con ironia e disprezzo) Mo che boccoletto da riòsa!

SCENA XVII

TITTA-NANE, poi TONI e REPPO, e detti.

TIT. (a Lucietta) Còss'è? còssa àstu dito dei fatti mìi?

LUC. Va in malora. Va a parlare con Checca. (parte)

ORS. (a Titta) No ghe tendé, che la xé una matta.

TON. (a Orsetta) Che muodo xé questo de strapazzare?

ORS. (a Toni) Via, che sé tutta zente cattiva.

BEP. Orsetta, Orsetta?

ORS. Vatte a far squartare. (parte)

TON. (a Titta) E tì no stare più a vegnire per casa, che no te vòggio.

BEP. (a Titta) E no bazzegare qua oltra, che no te volèmo.

TIT. Giusto, mo per questo, mo ghe vòggio vegnire.

BEP. Se a Marmottina ghe l'ho promettue, a tì, mare de diana, te le darò, vara. (entra in casa).

TIT. (fa un atto di disprezzo) Chiò sto canelào.

TON. In tartana da mì no ghe stare a vegnire; provédite de paron, che mì me provederò de omo. (entra in casa)

SCENA XVIII

TITTA-NANE, poi PARON VICENZO, poi TOFFOLO, poi ISIDORO.

TIT. Corpo de una gaggiandra! qualchedun me l'ha da pagare.

VIC. Titta-Nane, com'èla?

TIT. Petto de diana! petto de diana! Arme, fora arme!

VIC. Va via, matto. No star a precipitare.

TIT. Voggio farme piccare; ma avanti, sangue de diana, ghe ne voggio colegare tre o quattro.

TOF. So qua. Come xéla?

TIT Arme, fora arme!

TOF Mi no so gnente. (corre via, e s'incontra violentemeute con Isidoro urtandosi, ed Isidoro dà una spinta a Toffolo, e lo getta in terra).

ISI. Ah bestia!

TOF Ajuto!

ISI. (a Toffolo) Con ghi la gh'àstu?

TOF (alzandosi) I me vol dare.

ISI. Chi è che te vuol dar?

TOF Titta-Nane.

TIT. No xé vero gnente.

ISI. (a Titta) Va via de quà, subito.

VIC. No'l la gh'ha co elo, lustrissimo; el la gh'ha co Beppo, e co paron Toni.

ISI. (a Titta) Va via de quà, te digo.

VIC. (a Titta). Via, andèmo, cogné obbedire, cogné.

ISI (a Vicenzo) (Menélo via, paron Vicenzo, e tegnilo con vù, e trattegnìve sotto el portego in piazza, dal barbier o dal marzeretto, che se vorò, se ghe sarà bisogno, ve manderò po a chiamar.)

VIC. (a Isidoro) (Sarà obbedìa, lustrìssimo.) (a Titta) Andèmo.

TIT. No voggio vegnire.

VIC. Andèmo co mì, no te dubitare. So omo, so galantomo; vié co mì, non te dubitare.

ISI. Via, va con elo; e fa quel che te dise paron Vicenzo; e abbi pazenzia, e aspetta: che pol esser, che ti sìi contento, e che te fazza afar quanta soddisfazion che ti vól.

TIT. Me raccomando a ela, lustrissimo. So pover'omo, so galantomo, sió Cogitore; me raccomando a ela, sió Cogitore lustrissimo. (parte con Vicenzo)

SCENA XIX

ISIDORO e TOFFOLO.

ISI. (da sé) (Mì so, cossa ghe vorìa per giustarli. Un pezzo de legno ghe vorìa. Ma averàve perso el divertimento.) Vien qua, Tòffolo.
TOF. Tìssimo.
ISI. Vùstu che parlemo a sta putta, e che vedemo se se pol concluder sto maridozzo?
TOF. Magari, lustrissimo! Ma bisogna parlare con donna Libera so sorela, e co so cugnà paró Fortunato.
ISI. Saràli in casa, sta zente?
TOF. No so, lustrìssimo. Adesso, se la vuò che chiame?...
ISI. Andémo drento piuttosto.
TOF. Mi in cà no ghe posso vegnire.
ISI. Perché no ghe pùstu vegnir?
TOF. A Chióza, lustrissimo, un putto donzelo nol ghe può andare, dove ghe xé de le putte da maridare.
ISI. E pur so che tra vu altri se fa continuamente l'amor.
TOF. In strà, lustrìssimo, se fa l'amore; e po la se fa domandare; e co la s'ha domandà, se po andare.
ISI. Chiamémole in strada donca.
TOF. Olà, paró Fortunato, ghe séu? Donna Libera, olà.

SCENA XX

DONNA LIBERA e detti, poi PARON FORTUNATO.

ISI. (da sé) (Eh! co sta sorda no me ne voggio impazzar).
LIB. Cosstè? Cossa vùstu?
TOF. Qua, e sió Cogitore
LIB. Lustrissimo, còssa comàndelo?
ISI. Com'éla? No sé più sorda?
LIB. Oh! lustrissimo, no. Gh'aveva una flussion. So varìa.
ISI. Cusì presto?
LIB. Da un momento a l'altro.
ISI. Anca sì, che giéri deventada sorda, per no dir...
FOR. (a Isidoro) Tissimo.
ISI. Ho gusto che sia qua anca compare Burataora. Son qua per dirve, se marideressi Checchina.
LIB. Magàri, lustrìssimo! Me la destrigheria volentiera.
FOR. Mì, utissimo, gh'ho promesso cento ducati.
LIB. E altri cinquanta ghe li averemo sunai.
ISI E mi ghe farò aver una grazia de altri cinquanta.
LIB. Sièlo benedetto! Gh'àlo qualche partìo?
ISI. (accenna Toffolo) Vardé: ve piàselo quel partìo?
FOR. Tòffao? Tòffao? Cattabaùffe, cattabaùffe.
TOF. Mi no dago impazzo a nissun, co i me lassa stare...
LIB. Con un puo' de battelo, come l'àla da mantegnire?
TOF. No metteròggio suso peòta, no metteròggio?
LIB. E dove la meneràstu, se no ti gh'ha né tétto, né cà?
FOR. La ùstu menare i battelo la novizza a dormire?
TOF. Ve podé tegnire i cento ducati, ve podé tegnire; e farme le spese a mi, e a mia muggière.
ISI. Sì ben; nol dise mal, el gh'ha più giudizio che no credeva. Podé per qualche tempo tegnirlo in casa.
LIB. Mo per quanto, lustrissimo?
ISI. A conto de sti cento ducati, per quanto voréssistu, che i te fasse le spese?
TOF. No so; almanco sie ani.

FOR. Pùffeta! puffeta! sie ani? Puffeta!
ISI. Ti voressi ben spender poco.
TOF. Che la fazza ela, lustrissimo.
ISI. (a Libera) Via, per un ano ve còmoda?
LIB. (a Fortunato) Cossa diséu, paron?
FOR. (a Libera) Fé vù, parona; parona, fé vù, parona.
TOF. Mi stago a tutto, lustrissimo.
ISI. (a Libera) Chiamé la putta. Sentimo còssa che la disc.
LIB. Oe, Checca.
FOR. (chiama forte) Checca, Checca.

SCENA XXI

CBECCA e detti, poi ORSETTA, poi LUCIETTA.

CBE. So qua; còssa voléu?
LIB. No ti se?
CHE. Eh! ho sentìo tutto.
FOR. Bava! é tà a pionare, bava!
ISI. (a Checca) E cusì, còssa diséu?
CHE. (a Isidoro) La senta una parola.
ISI. Son qua.
CHE. (a Isidoro) (De Titta-Nane no ghe xé speranza?)
ISI. (a Checca) (El m'ha dito un de no tanto fatto.)
TOF. (da sé, con sdegno) (Anca in rècchia el ghe parla?)
CHE. (a Isidoro) (Mo per còssa?)
ISI. (a Checca) (Perché el xé innamorà de Lucietta.)
TOF. Lustrìssimo sió Cogitore.
ISI. Cossa gh'é?
TOF. Voràve sentire anca mì, voràve.
ISI. (a Checca) Via, destrighéve. Lo voléu, o no lo voléu?
CBE. (a Libera) Còssa diséu, sorela? (a Fortunato) Còssa diséu, cugnà?
LIB. (a Checca) Cossa dìstu ti? Lo vùstu?
CHE. Perché no?
TOF. (giubilando) Oh cara, la me vuole, oh cara!
ISI. Fioli, Co gh'intro mì in te le còsse, mì no vòggio brui longhi. Destrighémose, e maridéve.

SCENA XXII

ORSETTA, e detti (poi BEPPO).

ORS. Comuòdo? Checca s'ha da maridare avanti de mì? Mì che xé tre anni che so in donzelon, no m'averò gnancora da maridare; e custìa, che xé la minore, s'ha da sposare avanti de la maggiore?
FOR. Sì bè, sì bè, e gh'ha rasòn, sì bè.
CHE. Gh'àstu invidia? Marìdete. Chi te tien che no ti te marìdi?
FOR. Siò sì, siò sì, marìdete, se ti te vuò maridare.
LIB. (a Orsetta) Ti lo gh'avevi el novizzo. Per còssa lo xèstu andà a desgustare?
FOR. (a Orsetta) Ah! per còssa?
ISI. (a Libera) No giérelo Beppo el so novizzo?
LIB. Sior sì, Beppo.
FOR. Beppo.
ISI. Aspetté (alla sua casa) Beppo ghe xélo in casa?

BEP. So qua, lustrissimo.

ISI. Per còssa seu andà in còlera con Orsetta?

BEP. Mì, lustrìssimo? L'è stada ela che m'ha strapazzào, l'è stada ela che m'ha descazzào.

ISI. (a Orsetta) Sentìu, siora?

ORS. No sàla, che la còlera orba, che no se sa de le volte quel che se diga!

ISI. (a Beppo) Sentìu? No la xé più in còlera.

BEP. Anca mì son uno, che presto me la lasso passare.

ISI. Via donca: la xé giustada. (a Orsetta) Se no volé che Checca se marida prima de vù, e vù déghe la man a Beppo avanti de ela.

ORS. (a Libera) Còssa diséu, sorela?

LIB. A mì ti me domandi?

FOR. (eccita con allegria Orsetta a maritarsi) Fala bela, Orsetta. Fala bela, fala bela.

SCENA XXIII

LUCIETTA e detti.

LUC. (a Beppo) Come, puoco de bon! sior omo senza reputazion, averessi tanto ardire de sposare culìa che n'ha strapazzà?

ISI. (da sé) (Mèggio, da galantomo!)

ORS. (a Lucietta con collera) Còssa xé sta culía?

LIB. Oe, no se femo in vìssere.

FOR. Olà; olà, olà.

BEP. Mì no so còssa dire, mì no so còssa fare, mì me vói maridare.

LUC. Mì prima m'ho da maridare; e fin che ghe so mì in cà, altre cugnà no ghe n'ha da vegnire.

ISI. (a Beppo) Mo perchè no la maridéu?

BEP. Perché Titta-Nane la gh'ha licenzià.

ISI. Va là, Tòffolo; va in piazza sotto el pòrtego dal barbier; dighe a paron Vicenzo, che el vegna qua, e che el mena qua Titta-Nane, e che i vegna subito.

TOF. Tìssimo sì. Checca, vegno ve', vegno.

LUC. (da se') (Co Checca xé novizza co Marmottina, mi de Titta-Nane no gh'ho più zelusìa).

ISI. Ghe xé caso, donne, donne, che no digo altro, che voggié far pase, che voggié tornar a esser amighe?

LUC. Se ele no gh'ha gnente co mì, mì no gh'ho gnente co ele.

ISI. (a Libera, Orsetta e Checca) Cossa diséu?

ORS. Mì da là a là no gh'è altro.

LIB. Mì? Co no son tirada per i cavéi, no parlo mai co nissun.

ISI. E vù, Checca?

CHE. De diana! A mì me piase stare in pase co tutti.

ISI. Via donca pacifichéve, baséve.

ORS. Mì, sì.

LUC. So qua.

SCENA XXIV

PASQUA e detti.

PAS. Còssa? còssa fastu? Tì vuò far pase? Con custìe? Co sta zente?

ISI. Oh! vegniréu vù adesso a romper le scattole?

PAS. Me maraveggio: le m'ha strapazzà.

ISI. Ouietéve anca vù. fenìmola.

PAS. No me vòggio quietare; me diòle ancora sto brazzo. No me voggio quietare.

ORS. (da sé) (Magàri l'avéssio struppià!)

SCENA XXV

PARON TONI e detti.
ISI. Oe, paron Toni.
TON. Lustrìssimo.
ISI. Se no faré far giudizio a vostra muggièr...
TON. Ho sentio, ho sentio, lustrìssimo, ho sentio. (a Pasqua) Animo; fa pase.
PAS. No vòggio.
TON. (minacciandola) Fa pase.
PAS. No, no vòggio.
TON. (tira fuori un legno) Fa pase, te digo: fa pase.
PAS. (mortificata s'accosta) Sì, sì, mario, farò pase.
ISI. Oh bravo! Oh bravo! Oh co bravo!
LIB. Vié qua, Pasqua.
PAS So qua. (s'abbracciano)
LIB. Anca vù, putte. (tutte s'abbracciano e si baciano)
ISI. Brave, e viva; e che la dra fin che la se rompe.

SCENA ULTIMA

PARON VICENZO, TITTA-NANE, TOFFOLOe detti; poi SERVITORE.

VIC. Sèmo qua, lustrìssimo.
ISI. Oh! vegni qua. Titta-Nane, adesso xé el tempo, che mi ve fazza cognosser, se ve vói ben, e che
vu fé cognosser che sé omo.
VIC. Gh'ho tanto dito anca mi a Titta-Nane, che el me par mèzo a segno; e gh'ho speranza, che el
farà tutto quelo che vuol el lustrissimo sió Cogitore.
ISI. Via donca, mandé a monte tutto. Torné amigo de tutti, e disponéve a sposar Lucietta.
TIT. Mi, lustrissimo? No la sposo, gnanca se i me picche.
ISI. Oh bela!
LUC. (da sé) (Mo no xéle còsse da pestarlo co fa el baccalà!)
PAS. (a Titta) Oe, senti: se ti credessi che t'avesse da toccar Checca, vara ve': la s'ha da sposare co
Tòffolo.
FOR E mi cento ucati e dago.
TIT. Mi no ghe ne penso; che la se spose con chi la vuole.
ISI. (a Titta) E perché no voléu più Lucietta?
TIT. Perché la m'ha dito: va in malora, la m'ha dito.
LUC. Oh, vara ve'! E a mi còssa no m'àstu dito?
ISI. Orsù, chi vól, vól, e chi no vól, so danno. Vu altri a bon conto, Checca e Tòffolo, déve la man.
TOF So qua.
CHE. So qua anca mì.
ORS. Sior no, fermève, che m'ho da maridar prima mì.
ISI. Animo, Beppo, da bravo.
BEP. Oe, mì no me farò pregare.
LUC. (a Beppo) Sior no, se no me marido mì, no ti t'ha da maridar gnanca ti.
PAS E la gh'ha rasón Lucietta.
TON. E mì còssa sòggio? Mì no gh'ho da intrare? A mì no s'ha da parlare? Voléu che ve lo diga?
Andé al diavolo quanti che sé, che son stuffo. (in atto di partire)
CHE. (a Isidoro) Via, che no'l vaga.
FOR. (a Isidoro) Tissimo.
ORS. (a Isidoro) Che el se ferma.

FOR. (a Isidoro fermandolo) Tissimo.

LIB. (a Isidoro) Che el gh'abbia pazenzia.

ISI. (a Lucietta) Per causa vostra tutti i altri torà de mèzo.

LUC. Via, lustrissimo, che no'l me mortifica più davantazo. Per cause mia no vòggio che toga de mezo nissùn. Se son mì la cattiva, sarò mi la desfortunà. No'l me vuol Titta-Nane? pazenzia. Còssa gh'òggio fatto? se ho dito qualcòssa, el m'ha dito de pèzo elo. Ma mì ghe vòggio ben e gh'ho perdonà; e se elo no me vol perdonare, xé segno che no'l me vôl ben. (piange)

PAS. (con passione) Lucietta.

ORS. (a Titta-Nane) Oe, la pianze.

LIB. (a Titta-Nane) La pianze.

CHE. (a Titta-Nane) La me fa peccao.

TIT. (da sé) (Maledio! Se no me vergognasse!)

LIB. (a Titta-Nane) Mo via, pussibile che gh'abbié sto cuor? Poverazza! Vardé, se no la farave muover i sassi.

TIT. (a Lucietta rusticamente) Còssa gh'àstu?

LUC. (piangendo) Gnente.

TIT. (a Lucietta) Via, animo.

LUC. Còssa vùstu?

TIT. Coss'è sto fiffare?

LUC. (a Titta-Nane con passione) Can, sassìn.

TIT. (con imperio) Tasi.

LUC. Ti me vuol lassare?

TIT. Me faràstu più desperare?

LUC. No.

TIT. Me voràstu ben?

LUC. Sì.

TIT. Paron Toni, donna Pasqua, lustrìssimo, co bona licenzia. (a Lucietta) Dàme la man!

LUC. (gli dà la mano) Tiò.

TIT. (sempre ruvido) Tì xé mia muggière.

ISI. Oh bella! (al servitore) Oe! Sansuga?

SER. Lustrissimo!

ISI. Va subito a far quel che t'ho dito.

SER. Subito. (parte)

ISI. A vù, Beppo. Sotto vù.

BEP. Mì? La varda con che facilitae. Paron Fortunato, donna Libera, lustrissimo, co so bona grazia. (dà la mano a Orsetta) Mario e muggière.

ORS. (a Checca) Oh adesso mo, marìdete anca ti, che no me n'importa.

ISI Tòffolo, chi é de volta?

TOF. Mì, prima barca. Parò Fortunato, donna Libera, lustrissimo, co so bona licenzia. (dà la mano a Checca)

CHE. (a Isidoro) Oe, la dote?

ISI. Son galantomo, ve la prometto.

CHE. (a Toffolo) Tiò la man.

TOF. Muggière!

CHE. Marìo!

TOF. E viva!

FOR. E viva, allegramente. Muggière, anca mi so in grìngola.

SER. (a Isidoro) Xé qua tutti, co la comanda.

ISI. Novizzi, allegramente. V'ho parecchià un poco de rinfresco; gh'ho un pèr de sonadori; vegnì con mí, che vói che se devertimo. Andémo, che baleremo quattro furlane.

ORS. Qua, qua balemo, qua.

ISI. Sì ben, dove che volé. Animo, porté fuora de le caréghe. Fé vegnir avanti quei sonadori; e ti,

Sansuga, và al Casin, e porta qua quel rinfresco.
LUC. Sior sì, balemo, devertìmose, zà che semo novizzi; ma la sènta, lustrìssimo, ghe voràve dir dó
parolètte. Mì ghe son obbligà de quel che l'ha fatto per mì, e anca ste altre novizze le ghe xé
obbligae; ma me despiase, che el xé forèsto, e co'l va via de sto lió go, no voràve che el parlasse de
nù, e che andasse fuora la nomina, che le Chiozotte xé baruffante; perché quel che l'ha visto e
sentìo, xé stà un accidente. Semo donne da ben, e semo donne onorate; ma semo aliegre, e volemo
stare aliegre, e volemo balare, e volemo saltare. E volemo che tutti posse dire: e viva le Chiozotte, e
viva le Chiozotte!